바다에서 삶을 캐는 **해녀**

바다에서 삶을 캐는 해녀

우도와 해녀 이야기

글 · 강영수

도서출판

프롤로그

　하던 짓도 멍석을 깔아 주면 못하듯, '작가의 말'을 하려니 왜 이리 설레고 긴장되는지요. 잉태의 기쁨과 출산의 고통으로 얻은 자식이 하나하나 다 귀하고 소중하듯, 첫 출간이 아닌데도 격양된 마음은 예나 다름없습니다.

　고난과 희망이 교차하는 삶의 여울목에 서 있는 해녀는, 어쩌면 21세기에는 영영 사라져 버릴지도 모르는 소중한 문화유산입니다. 해녀들의 생업의 터전인 '여'와 '코지'는 바다밭에서 방향과 지형을 가늠하는 이정표 역할을 합니다. 섬에서 살아가는 해녀들은 물때가 되면 바닷속 '여'를 부여잡고 정직하게 삶을 캐올립니다. 거친 파도에 순응하여 해초처럼 질긴 삶을 살아갑니다. 그들의 초인적인 삶은 해녀 노래의 고달픈 노랫말에 고스란히 배어 있습니다.

> 저 산천에 풀잎은 해년마다 젊어지고
> 우리야 몸은 해년마다 소곡소곡 늙어진다.
> 내 눈으로 내리는 물은 오만 간장 다 썩은 물
> 돈 없으면 적막강산 돈 있으면 금수강산
> 석탄 벽탄 타는 데는 검은 연기 나건마는

요 내야 심정 타는 데는 어느야 누가 알아주랴.
......

이번에 세상에 내놓는 「바다에서 삶을 캐는 해녀」는 앞서 출간한 「내 아내는 해녀입니다」에서 미처 기록하지 못했던, 해녀들끼리만 소통하는 말을 비롯한 소중한 해녀 문화를 새로 싣고, 전작에서 다소 미진하게 다루어졌던 내용을 보다 이해하기 쉽게 자세히 풀어서 담았습니다. 따라서 조금은 내용이 같은 부분도 있으니 눈으로, 머리로, 가슴으로 헤아려 주셨으면 합니다.

「바다에서 삶을 캐는 해녀」의 출간을 통해, 점점 잊혀지고 사라져 가는 해녀의 언어와 생활상을 조금이라도 더 기록으로 남기고자 최선을 다했습니다. 반세기 가까이 아내의 해녀살이를 곁에서 지켜보면서도 미처 소중함을 깨닫지 못하고 있었던 애틋한 소리에 귀 기울였고, 지금껏 듣고 지내면서도 의미를 몰랐던 말들을 물어물어 그 뜻을 밝히고, 또 새롭게 알게 된 어휘와 사실들은 가능한 자세히 풀어써 후대에 기록으로 남기고자 노력했습니다.

저승이나 다름없는 물속에서 숨을 멈추고 번 돈으로 생계를 꾸려가는 해녀들은 아직까지도 샤머니즘을 신봉하고 '머정'과 운으로 살아갑니다. 해녀의 심리와 문화는 할머니에서 어머니에게로, 다시 어머니에게서 딸에게로 대를 이어 구비口碑 전승된 것으로, 근대 과학과 의학의 잣대만으로 재단할 수 없는 고유의 독특한 생활 양식입니다. 시대적 흐름과 산업의 발달로 전래傳來의 생활 양식과 작업 도구들은 변형되고 머지않아 사라지고 말 것입니다. 세계적으로 유례가 드문 우리의 전통 해녀 문화가 소멸되는 것을 눈앞에서 맥없이 지켜보고 있자니 안타깝고 마음이 급해집니다. 진정 보존하고 계승할 방도는 없는 것인지…. 고작 편의 시설에 안주해야 하는 그네들의 생활 보장은 해법이 묘연할 따름입니다. 학술적인 측면에서만 조명되고 말로만 소중한 유산이라고 할 게 아니라, 50~60년대 지역 경제에 이바지했던 공로를 봐서라도 마땅한 예우와 복지가 시급히 뒷받침되어야 할 것입니다. 고령화된 '할망해녀'들은 지금도 복지의 사각지대에서 자력으로 근근이 살아가고 있기에 더욱 절실한 문제입니다.

이 책이 만들어지기까지 음으로 양으로 아내의 도움이 절대적이었습니다. 아마 해녀 남편이 아니었다면 해녀 문화와 그 생활상, 그네들의 고충과 심리를 이렇게 깊이 헤아리지는 못했을 겁니다. 물질 다녀와서 초췌한 얼굴에 깊이 남은 수경테 자국, 젖은 머리에서 풍기는 비릿한 바닷물 냄새, 고무 잠수복 스펀지의 특이한 냄새, 그리고 고된 노동의 땀내와 단내가 어우러져 풍기는 특유의 냄새는 나만이 보고 느끼는 아내의 모습이며 체취입니다. 이젠 물을 떠나 살 수 없다는 아내를 보면 애잔합니다. 해녀들은 이렇게 하루하루를 희망과 절망을 반복하며, 바다 날씨처럼 변화무쌍하게 살아갑니다. 여자보다 강한 게 어머니라지만, 어머니보다 모질고 강한 게 바로 해녀입니다. 늘 바닥을 치고 사는 여자이기도 합니다.

거친 원석이 영롱한 보석이 되기까지 도와주신 분들께 깊이 감사드립니다. 어려울 때마다 눈높이를 가늠하며 외면하지 않는 쟁우諍友 강영봉의 우의와, 책을 낼 때마다 소중한 사진을 주신 포토갤러리 자연사랑 서재철 관장님의 호의에 감사드리며 항상 유념하겠습니다. 우도에 와서야 해녀를 알고 돌담의 매력에 흠뻑 빠졌다는 사진작가 고성미 님의 도움과 조언에, 그리고 고이 간직했던 우도 도선 역사 자료를 내주신 임봉순(윤옥자) 님께도 감사의 뜻을 전합니다. 특히, 소중한 자료를 좋은 책으로 만들어 주신 정은출판 노용제 사장님과 교정을 맡아주신 김우현 선생님을 비롯한 직원들의 노력에 진심으로 감사드립니다. 뭐니 뭐니 해도 큰 도움은 우리 동네 '할망해녀'들입니다. 그 고마움 마음 깊이 간직할 것입니다. 방에 틀어박혀 있으면 먹을 것이 나오느냐 하면서도 따뜻한 차와 주전부리를 건네며 지켜봐 준 내자를 비롯한 가족들에게 감사의 뜻을 담아 이 책을 드립니다.

2016년 봄
제주 우도에서 강 영 수

프롤로그

차례

1. 우도, 우도의 삶

"하영 벌어시냐? 고생덜 했져."
(많이 벌었느냐? 고생들 했다.)
서로를 위로하는 그 정겨운 한마디에 종일 피로했던 몸과 마음이 풀린다.

물소가 머리를 내민 모양의 우도

우도 돌담

내 고향은 우도牛島다. 우도는 섬 속의 섬이다. 제주도의 동쪽 끝, 물소가 머리를 내민 모양牛頭形 또는 누워 있는 모양臥牛形이라서 소섬이라 한다.

우도의 상징, 돌담

우도의 상징은 돌담이다. 제주의 삼다三多 : 돌, 바람, 여자 중 으뜸도 다석多石이다. 섬의 모태도 돌이다. 선조들의 손때가 묻은 돌담. 대대손손 물려받고 물려줄 문화유산이다. 생활공간이나 도구들이 돌 재질이 아닌 것이 없었다. 최초 인류가 도구를 만들어 사용했던 것도 돌인 것처럼, 동굴과 지석묘고인돌 유적도 그렇다. 요즘도 사람이 죽으면 석관을 쓰는 집안을 이따금 본다. 사람은 돌에서 왔다 돌로 돌아간다 해도 과언이 아닐 것이다. 돌 구들장 위에서 태어나, 죽어서는 '산담'에 둘러싸인 묘나 돌로 둘러싸인 밭에 묻힌다.

다 돌이다

조상들은 생활공간을 만들기 위해 돌멩이 하나라도 허투루 하지 않았다. 대부분 돌집이었으니, 돌이 없으면 돌덤불, 돌무더기, 돌빌레^{돌 동산}를 부수어 돌담을 쌓아 집을 지었다. 쉐막^{외양간}, 돗통시^{돼지우리} 등 가축이나 돼지를 기르는 공간도 돌로 둘러싸인 곳이었다. 장독대도 초가집 안거리^{안채} 뒤쪽 외딴 공간에 돌담으로 울을 둘렀다. 장항굽^{장독대}에는 반드시 돌로 밑바닥을 만들었다. 지들커^{땔감} 눌굽도 습기 차지 않게 밑바닥 굽 자리에 잔돌 무더기를 둥글게 만들어 땔감을 쌓고 사용했다. 빨래도 돌 위에서 말렸다. 이처럼 돌의 용도는 다양했다.

생활 도구나 편의 시설도 돌이다. ᄀ레^{맷돌}, 돌혹, 방아, 솟^솥, 솟덕^{붓돌}, 화로, 도구통^{절구통}, 부싯돌, 쉼팡^{짐을 지고 선 채로 잠시 쉬는 돌}, 물팡^{물허벅이나 물구덕을 놓는 돌}, 되들팡^{부춛돌}…, 다 돌이다. 올레 어귀 제주에 대문 정주석, 마을 수호신인 방사탑, 봉수와 연대, 신당에 이루까지 다 돌이다. 돌을 앞에 놓고 무사안녕을 비는 우리들만의 독특한 문화다.

심지어는 우리가 생계를 꾸려가는 곡식을 생산하는 곳도 돌과 돌 틈이다. 물속 돌무더기나 돌 동산, 바위와 여 틈에서 자라는 해산물로 생계를 꾸려가고 있다.

버려지는 돌은 없다

쓰임새에 따라 바람이 불면 바람을, 비가 오면 비를, 추우면 추위를, 더

우면 더위를, 습하면 습기를 머금고 막아 주는 게 제주의 돌이며 우도의 돌담이다. 쓰기 나름이지 버려질 돌은 하나도 없다. 작으면 작은 대로, 크면 큰대로 생긴 모양대로 다 쓸모가 있었다. 특색 있는 돌 하나하나 아우른 게 제주의 각종 시설물이고 조형물이다. 지구촌 어느 곳에서도 찾아보기 흔치 않은 돌이다.

눈뜨면 지천에 지긋지긋하게 널려 있는 게 돌이니 귀한 줄을 잊고 산다. 제주를 떠나보면 우도 돌담의 귀한 가치를 알 것이다. 산업의 발전과 문명의 세례에 헐리고 깨지고 파묻히고, 헌집을 헐 땐 폐기물 처리에 애물단지 취급이니 안타깝다. 편리함 때문에 소중한 보물은 간곳없이 사라지고 있다. 쓸모없이 버려지는 게 아쉽다. 활용에 활용을 거듭할 수 있는 질곡의 역사 유물이 우도 돌담이다. 우리만이 갖고 있는 절대적이고 상징적인 문화와 예술이며, 조상의 삶의 흔적이다. 얼이 살아 있는 유형, 무형의 유산이다. 바람이 드센 돌밭에서 태어나 바람막이를 하지 않으면 살수 없었던 조상들의 혼이 묻은 돌담이다.

사라지는 돌담

요즘 나는 울컥하고 섬뜩할 때가 잦다. 헐리고 사라지는 해안가 돌담 때문이다. 가던 발걸음이 멈칫 무겁다. 멍하니 바라본다. 눈시울이 뜨겁다. 조상들의 삶의 애환을 곱씹어 본다. 모질고 척박한 땅에서 농사지어 먹고 살려고, 해풍을 막고 어지간한 태풍에도 끄떡하지 않게 쌓기를 거듭한, 밑

우도 돌담 너머로 드리운 노을

은 넓게 위는 좁게 한 이중의 담 사이에 잔돌을 메워 넣은 겹돌담이다. 적의 침입을 막았던 환해장성環海長城이기도 하다. 돌담을 의지해 해살이를 하는 이름 모를 풀들도 초라하게 살기를 포기한 듯 힘없어 보인다. 돌담 하나하나엔 허옇게 낀 돌옷이 세월을 말해주듯 오가는 사람들의 시선을 끌었다. 나 또한 늘 시선을 마주하고 무언의 인사를 나누던 정겨운 돌담길이었다. 자고 나면 사라지고 자고 나면 또 없어지는 해안가 돌담. 허한 공간을 접할 땐 몇 날 며칠 속앓이를 한다. 얼마 안 되어 원형이 사라질 것 같아 안타깝다. 원형이 사라지는 것은 그뿐이 아니다. 천혜의 자연 경관인 갯가에 앙상블을 이루는 돌 동산도 난도질을 당하고 있어 마음이 아리다. 돈은 돌고 돌지만 돌은 한번 가면 원상회복이 어렵다. 후손들에게 물려줘야 할 문화를 우리가 너무 빨리 써버리고 있는 것 같아 마음 아프다.

우도 돌담을 지킬 수 있다면

경제적 논리만 앞세워, 아름다운 돌담들이 빚어내는 천혜의 자연 풍광이나 가치는 아랑곳하지 않는다. 오랜 세월 섬을 지키고 살아온 토착민의 정서나 환경 여건은 안중에도 없다. 조상들의 삶의 흔적을 깡그리 없애고 있어 안타깝다. 그네들의 조상들도 뿌리가 우도였을까 되묻고 싶어진다. 돈 되는 일이라면 수단과 방법을 가리지 않는 게 시대적 흐름이라 하지만, 헐지 않는 게 더 가치가 있을 텐데…. 강짜를 부리고 해코지를 해서라도 막을 수만 있다면 막고 싶다. 몇 차례 일간지에 SOS 구원 요청도 했었다. 우도 해안가 돌담을 문화유산으로 관리 보호해야 한다고. 우도에 마지막 남아있는 선조들의 유품이라고. 무언의 메아리였다. 역사 속 기록으로 먼 훗날 아쉬워하리라. 얻는 것은 무엇이며 잃은 것은 무엇인가를 곱씹어 봐야 할 때다.

우도 돌담, 관광객들의 탄성

우도를 찾는 사람들의 탄성을 자아내는 것이 바로 우도의 독특한 돌담 문화다. 돌담을 소재로 한 이름도 다른 지역에선 생소한 이름들이다. 밭담, 집담, 올렛담, 울담, 산담, 불턱담, 범선의 안전을 위해 쌓은 개맛^{포구}의 성창^{방파제}, 원담^{돌그물}, 돌봉돌…. 곁에서 듣고 있어도 무슨 말인지 모른다. 우도의 밭담을 보고 예술품이라 감탄하는 것은, 바람 많고 태풍의 길목임에도 허물어지지 않고 오랜 세월 버텨 왔기 때문이다. 넘어질 듯 무너질 듯 바람 불면 흔들거리며 견뎌내는 모습은, 그대로 우도 사람들의 성품이며 삶이라 해도 과언이 아니다. 돌과 돌 사이 숭숭한 구멍을 막으면 숨이 막히듯 넘어지고, 구멍이 엉성할수록 오히려 넘어지지 않는 요술쟁이 돌담에 감탄한다. 배부른 담, 배 들어간 담, 구불구불 울퉁불퉁 뾰족뾰족…, 큰 돌은 밑굽으로, 중간 크기의 돌은 가운데로, 올망졸망 작은 돌은 위에 쌓아 놓은 모습은, 가정, 사회, 집단 구성체의 위계의 표상이라 해도 과언이 아니다.

원담(돌그물)

아름다운 돌담… 이름조차 가물가물

집을 짓는 축담, 마당 입구 올렛담, 집터 경계의 울담, 소마나 화입火入
을 막는 산담, 갯가 고기를 잡는 원담돌그물, 해녀들의 집회 장소이며 휴식
공간인 불턱을 둘러싼 불턱담, 한길 돌담…. 우도 돌담은 떼려야 뗄 수 없
는 우리의 공간이며 삶의 터전이다. 이제 이름조차 가물가물하다.

우도를 찾는 관광객들이 둘레 13킬로미터의 해안가 돌담길을 걸어보
지 않으면, 우도 구경은 했을는지 모르지만 문화를 알았다고는 할 수 없
을 것이다. 계절마다 느낌이 다른 돌담길이다.

안비양 해녀의 집

우도 일 번지 동쪽 끝, ㅂ름코지 ^{바람받이} 언덕배기. 그 옛날 해녀들의 애환이 서린 '불턱'이었다. 지금은 그 자리에 콘크리트 건물을 지어 보일러 시설로 냉온수가 나오는, 해녀들의 쉼터 해녀 탈의장이 지어져 있다. 이곳 한쪽 칸에는 '안비양 해녀의 집'이 있고, 또 앞에는 소원 성취 돌의자가 있어 누구나 한 번쯤 앉아서 기념사진을 찍기도 한다. 물이 써야 들어갈 수 있는 모세의 튼비양 ^{떨어진 비양도} 출입구 길목이다.

농익은 해녀들의 손맛, 보말죽과 소라구이

여기에서는, 해녀의 맥을 이어 온 50대의 젊은 해녀에서부터 90대의 할망 ^{할머니} 해녀에 이르기까지 37인이 5인 1조가 되어, 특별한 요리 솜씨는 없지만 농익은 해녀들만의 손맛을 맛볼 수 있게 해 준다. 손수 잡고 캔 소라, 전복, 홍해삼은 회로, 문어는 삶아서, 보말은 죽으로 입맛을 돋운다. 톨 ^톳, 메역 ^{미역}, 뭄 ^{모자반}은 데쳐서 초장에 찍어 먹게 무료로 제공하고, 말린 해초는 팔기도 한다. 특히 별미는 보말죽과 소라구이다. 보말죽은 바로 앞 '튼비양 등머을'에서 잡은 보말을 삶아 까고 으깨서 죽을 쑨다. 그 고소한 맛은 먹어 보지 않고는 모른다. 소라구이 또한 매운 장작불 연기에 어우러진 맛이 일품이다. 늘 있는 게 아니어서, 시기와 계절마다 먹어본 사람이면 다시 찾는 곳이다. 지역마다 특산물이 있지만, 이곳 안비양 해산물은 전국 으뜸으로 친다. 청정 지역에서 자란 해산물과 자연 풍광도 이에 가세한다.

해녀들이 재배한 고소한 우도 땅콩

우도 땅콩도 해녀들이 손수 재배한 것으로, 손으로 까서 그날그날 소금을 달궈 볶기 때문에, 껍질을 벗지지 않고 먹어야 간이 배어 있어 맛이 고소하다. 우도에서만 생산되는 땅콩으로, 안비양 해녀들의 정성이 깃든 그

삶아서 까 놓은 보말

맛을 우도가 아니면 먹어 볼 수가 없다. 관광은 눈과 입과 배가 즐거워야 마음이 행복한 것이다.

우도의 자랑, 해녀

안비양 해녀의 집에 처음 들어오는 관광객들은, 먹을거리도 먹을거리지만, 해녀들의 검게 그을린 얼굴, 이마의 수경 테 자국, 몸뻬를 입은 날씬한 몸매에 먼저 시선이 간다. "이디 왕 앉집써. 무시거 먹쿠광?여기에 와서 앉으세요. 뭐 먹겠습니까?" 하는 투박한 말투와 서툰 장사 솜씨가 오히려 매력이다. 머지않아 들으려야 들을 수 없는 해녀의 밑말이다. 뭐니 뭐니 해도 해녀의 집의 자랑은 해녀들이다. 다이어트나 체중 감량을 걱정하지 않는 해녀, 평생을 바다를 일구다 보니 살찔 겨를이 없는 여자들이다. 해녀들과 시선을 마주하는 날도 그리 오래갈 것 같지 않아 아쉽다. 오랜 추억으로 기억될 수 있어야 할 텐데. 이따금 해녀들은 물줌물참에 작업 나가고, 대신 남자들이 장사를 할 땐, 일부 객꾼들은 마치 약속을 하고 꼭 만나야 할 사람들처럼 해녀들을 기다린다.

왁자지껄한 해녀 탈의장, 안비양 해녀의 집이 아니면 볼 수도 들을 수도 없는 문화들, 정겹고 투박한 말과 강인한 모습들이 하나둘 맥이 끊기고 사라져 간다. "하영 벌어시냐? 고생덜 했져.많이 벌었느냐? 고생들 했다." 서로를 위로하는 그 정겨운 한마디에 종일 피로했던 몸과 마음이 풀리고 즐거워하는 '안비양 해녀의 집' 줌녀들이다.

새철 드는 날

제주에선 입춘立春을 '새철 드는 날'이라 한다. 24절기 중 첫 절기이므로, 한 해를 시작한다는 의미에서 평상시보다 말과 행동을 삼간다. 해녀들은 한 해의 운수가 '새철 드는 날'에 있다 여긴다. 이 날은 남하고는 물론 가족하고도 싸우거나 다투지 않는다. 혹여 원망스러운 말을 들을까 봐 남의 집에 가지 않는 것은 물론이다. 외부인이 멋모르고 집에 들어올까 봐 올레 어귀에 '숫'을 매기도 한다.

금줄¿ - 무사안녕의 기원

금줄 치는 것을 우도에서는 '숫 맨다'고 한다. 집이나 마을에 무사안녕을 기원하는 중이니 부정不淨한 사람은 오지 말라는 뜻이다. '부정한 사람'이라 함은 초상집에 다녀와서 일주일이 지나지 않았거나, 뱀을 봤거나, 죽은 고양이나 개를 보고 3~4일이 지나지 않았거나, 싸움을 해서 상처를 입는 경우 등등을 말한다. 이런 경우를 두고 '몸 비리다'라고 한다. '몸 비리다'란 말은 '몸이 깨끗하지 못하다'는 뜻으로, 정성이 부족하다는 의미로 이해된다. 몸 비린 경우에는 가족도 어느 정도 시일이 지나서야 집에 들어갈 수 있었다. 금줄은 대개 새끼를 헐렁하게 꼬아 만든다. 이 새끼줄을 올레 어귀에 사람의 눈높이만치 늘어뜨려 맨다.

국궁배포제 – 마을 신에게 지내는 제사

마을의 금줄은 설 지나 첫 해일亥日 곧 돼지날에 치는데, 부정한 기운의 침입을 막는 의미로 마을 가름길 입구에 왕대를 세워 '숫'을 매고 외부 사람의 출입을 금했다. '국궁배鞠躬拜' 기간까지 삼가며 정성을 들이고자 함이다. '국궁배'란 허리를 굽혀 절을 한다는 의미로, 지금의 마을제인 포제酺祭를 일컫는 말이다. 마을을 지키는 신에게 소원을 비는 것이다. '국궁배'의 제관 선정은 상당히 까다롭다. 장애는 물론 집안에 상을 당하여 삼년상을 마치지 않은 사람이나 마누라가 둘인 사람도 결격 사유에 해당되었다. '국궁배' 전 일주일 사이에 동네에 상이 나면 마을제를 연기한다.

제청祭廳은 마을 회의로 결정하고, 그 집 올레 어귀에 '숫'을 매고 허용된 사람들만 출입한다. 제관은 일주일 간 자기 집 출입은 물론 외부 사람이나 가족들과의 접촉도 금한다. 마지막 날 자정을 기해 포제동산제단이 있는 마을 뒷동산에서 제를 지낸다. 제가 끝나면 손바닥만 한 돼지고지 서너 점을 '조 코젱이조 새꽤기'에 꿰어 집집마다 난간대청마루에 놓아두기도 하였다.

1. 우도, 우도의 삶

마을제니 동네 사람들도 음복하라는 뜻이다. 옛 풍습이 점점 편의 위주로 가는 것 같아 아쉽다.

새철 드는 날은 두루 삼간다

'새철 드는 날' 중에서도 특히 '새철 드는 시간'이 있어서 그 시간이 지나기 전에는 남의 집 방문을 삼간다. 새철 들기 전에 누군가가 다녀가서 혹여 무슨 일이라도 생기면 그해가 다 갈 때까지 찜찜하고 기분이 좋지 않다. 두고두고 입방아에 오르내린다. "새철 드는 날 옆집 예펜이 난디어시 집의 와선게 그해엔 죽장 집안 궂겨라게.입춘 날 옆집 여편네가 난데없이 집에 왔던데 그해에는 내내 집안 궂기더라.</sub>" 하고 원망한다. 심지어는 친인척도 한집에 사는 가족이 아니면 드나들지 않았다.

농가에서는 밭에도 가지 않는다. 밭에 가면 농사가 잘되지 않을 뿐더러 잡풀이 더 무성하게 자란다는 속설 때문이다. 또한 집에서 농사 도구를 만진다든가 망치질을 하면 밭일을 하다가 쟁기가 부러지는 등 궂은 일이 끊이지 않는다는 두려움 때문에 조심하기도 한다.

특히 해녀들은 바닷속의 일이기 때문에 물질 작업은 물론 작업 도구도 만지지 않고 큰소리도 삼간다. '새철 드는 날' 바느질을 하면 물질 작업하다가 '솔치_{쑤기미}'나 '늦쒜기'에 쏘여 해를 입는다는 불안 때문에 바늘이나 실에도 손대지 않는다.

입춘대길立春大吉 건양다경建陽多慶

'새철 드는 날' 남자 손님에게는 '곤밥흰밥'을 해 주고, 여자 손님은 구정물을 뒤집어 씌웠다고 한다. 짓궂은 남자들은 마을에 금주령이 있을 때 일부러 이날을 잡아 몰래 술을 먹고 놀다가 들켜 동네 미움을 사고 가정불화를 만들기도 했다. 입춘 풍속과 금기가 예전만큼 엄격하진 않지만 지금도 평소에 자주 걸려 오는 전화마저 이날은 뜸하다.

'새철 드는 날' 한 해 좋은 일만 기원하며 '입춘대길立春大吉 건양다경建陽多慶' 등의 입춘첩立春帖을 대문이나 기둥에 붙여 놓고, 집을 드나들면서 새해의 희망을 빌고 액을 막는 부적으로 여기며 마음의 안온을 찾는다.

벌초

벌초는 추석을 앞두고 조상의 묘를 단장하는 연례행사요, 우도 남자들이 집안의 남자 구실을 하는 일 년 중 큰 행사다. 제주에선 '소분掃墳'을 확대 해석하여 벌초의 뜻으로 사용하기도 한다.

예전엔 음력 8월 초하루부터 초사흘 사이가 벌초 기간이었다. 학교에서는 공휴일과는 상관없이 이 날짜에 맞춰 하루나 이틀 '벌초 방학'을 했다. 요즘은 직장인들 때문에 공휴일이나 토요일, 일요일을 벌초하는 날로 잡는다. 삼년상을 치를 때 집안에 상이 있는 경우는 초하루가 '삭제朔祭'여서 초이틀이 벌초의 절정이었다. 당시엔 삼년상이 지나지 않은 묘의 벌초는 봉분 꼭대기에 약간의 풀을 베지 않고 남겨 두었다. 삼년상이 끝나지 않았다는 표시였던 듯싶다.

우도벌초와 바깥벌초

우도에서의 벌초는 '우도벌초'와 '바깥벌초'로 나뉜다. 조상이 우도에 들어와 살기 시작한 이후 매장된 묘의 벌초는 '가지벌초' 또는 '집안벌초'라 하고, 우도 입도 전인 윗대의 벌초는 '모둠벌초' 또는 '문중벌초'라 하며 우도 밖의 친척들과 같이 한다.

예전에는 윗대 조상부터 차례대로 벌초를 했는데, 요즘은 편리한 대로 묘를 나눠서 하거나 또는 묘 가까이 있는 친척이 하기도 한다. 지금도 가풍을 중시하는 집안에서는 예부터의 질서를 중요시하고 있다.

우도에서 '집안벌초'의 참석 대상 범위는 7촌 이내인 것 같다. 육칠십 나이의 우도 사람들의 입도 조상은 7대를 넘는 집안은 들은 적이 없다. 대부분 5~6대다. 그래서 우도벌초는 집안벌초다. 이삼십여 년 전만 해도 '일가' 또는 '궨당권당(眷黨) : 친척'은 벌초와 '식게제사', '멩질명절'을 같이 지내는 집안을 일컫는 말이었다.

바깥벌초의 추억

내가 중학교 다닐 때만 해도 우도에서 벌초해야 할 묏자리는 두 '자리기(基)' 뿐이었다. 지금은 십여 '자리'가 된다. '바깥벌초'까지 하면 이십여 '자리'가 된다. 처음 '바깥벌초'를 따라다닐 때는 멋모르고 다녔다. 삼촌들은 대개 육지에 살고 있어서 우도에는 당숙 한 분과 숙부 한 분뿐이었다. 그 두 분을 수십 년 따라다녔다. 때론 일행이 둘뿐일 때도 있어서 '벌초꾼'이 많은 행렬이 부러웠다. 이젠 우리도 내세울 수 있는 벌초 행렬이니 숙부의 표정도 한결 흐뭇해 보인다.

1. 우도, 우도의 삶

묘지 둘레로 산담을 쌓아 소마나 화입(火入)을 막는다

'바깥벌초'는 날씨와 더불어 돛단배나 통통선의 시간을 잘 맞춰야 했다. 하루나 이틀 전에 섬을 나가서 친척 집에 하루 이틀 묵다가 벌초일 새벽 서너 시쯤 '밥차롱도시락'에 밥을 챙겨 집을 나서면 정오가 넘어서야 묘소에 도착했었다. 가늠 가늠해 가며 찾아가지만 풀이 무성하게 자라 있을 때는 묘를 찾기가 쉽지 않아 애를 먹기도 했다. 길이 잘 뚫린 요즘은 승용차로 묘소 근처까지 다다를 수 있고, 예초기를 이용하기 때문에 한나절이면 벌초가 끝난다. 게다가 점심은 식당에서 해결하고 있으니 그 시절에 비하면 실로 격세지감이다.

굽은 나무가 선산 지킨다

"벌초 안 하면 조상이 추석날 덤불을 쓰고 명절 먹으러 온다.", "벌초 안 하면 조상이 명절 먹으러 오지 않는다." 등의 옛말에는 벌초의 당위성에 대한 강조가 숨어 있다. 동네 지인은 우스갯소리로 "고향을 지키며 벌초 때 조상의 배 위에 오르내리고 있으니 우리도 그만밖에 더 되겠어." 하고 자조하기도 한다. 굽은 나무 선산 지킨다는 의미로, 벌초에 참석지 않은 잘난 외지 친척들을 욕하는 소리인 것 같다.

의식의 변화 – "무사 기계 놔뒨 호미로 헴서"

벌초 때는 '호미낫'나 '장낫 서서 꼴을 베는 자루가 긴 도구'으로 묘소에 자란 풀을 벴다. 풀을 벨 때도 신위가 놀란다 하여 조용조용했다. 풀을 베는 예초기가 나오면서부터 들이 요란하다. 처음 예초기가 나왔을 땐, 어른들은 "나 눈에 흙 들어가기 전윈 안 뒌다." 하며 예초기 사용을 하지 못하게 했다. 그러나 요즘은 '호미'로 풀을 베고 있으면 "무사 기계 놔뒨 호미로 헴서." 한다.

우도 사람들은 자루가 긴, 서서 하는 장낫질을 잘 못한다. 우도엔 '촐 꼴'이 없기 때문이다. 지금은 예초기로 풀이 파쇄되어 버리지만, 예전에는 '호미낫'로 곱게 베어 마당에 깔았다. 비가 오면 흙 유실을 막고 먼지가 나지 않게 하기 위함이었다. 풀냄새가 풀풀 나는 그 위에 거적을 펴고, 마당에 매운 연기로 모기가 접근하지 못하게 모닥불을 피워 놓고 저녁을 먹었던 추억이 서린 날도 바로 벌초하는 날이었다.

벌초의 자랑거리 - 긴 벌초 행렬

그때나 지금이나 벌초의 자랑거리는 번성한 자손들의 긴 벌초 행렬이다. 육지에 사는 친척들을 벌초에 동참하게 하는 것도, 긴 행렬을 자랑하고 싶은 집안 어른들의 속마음 때문인지 모른다. 유식한 어른은 묏자리에 얽힌 이야기, 집안의 내력, 비석에 새겨진 벼슬이나 직함 등을 흐뭇한 표정으로 자랑한다. 벌초 행렬이 해가 거듭할수록 종전 같지 않지만 흩어진 일가의 만남이어서 좋다.

우도 특산품 1

지역마다 그 고장의 특산품이 있다. 지역 토질과 환경에서 자란 농산물이나 수산물, 축산물 등 다양한 먹을거리는 지역 홍보에 일조하는 대표 특산품이 된 지 오래다.

우도산(産)이라 하면… 묻지도 따지지도 않는다!

우도의 풍토와 환경에서 자란 물산(物産)들은 우도를 대표하는 특산품이라 하겠다. 생산되는 해산물이나 농산물은 다른 지역의 것보다 맛이 좋기로 정평이 나 있다. 미식가들도 인정하는 맛과 품질이다. 우도산이라 하면 묻지도 따지지도 않고, 가격도 더 쳐줘서 사 먹거나 가져간다.

해산물로는 우뭇가사리, 톳, 미역, 소라, 전복, 성게, 문어, 홍해삼이 있고, 농산물은 땅콩, 마늘, 종자용 쪽파가 대표적이다. 섬 중의 섬에서 해풍을 먹고 자란 것들이어서인지 같은 종류의 것이라도 우도산을 우선으로 친다. 게다가 100% 자연산이다.

특히 해산물은 십여 년 전만 해도 전량 수출품이었다. 연륜이 있는 수입상들은 다른 지역 해산물과 섞어 놓아도 가려낸다 할 정도로 우도산 해산물은 유다르다. 해초는 종전엔 일차 가공을 해서 수출했었는데, 국내에서도 다양한 식품과 가공품으로 소비되면서, 지금은 말리기만 하면 됐다며 원초를 구매해 갈 정도로 인기가 높다.

우도의 봄은 바다에서부터

우도의 봄은 물이 써면 갯가에 형형색색의 바다풀이 넘실대는 데서부터 온다.

음력 정월이면 파래, 가사리, 이끼들이 새까만 갯가를 덮는다. 파래나 가사리는 반찬으로 만들거나 국을 끓여 먹었다. 어렸을 적 시린 손가락 끝을 호호 불어 가며 뜯었던 식용 파래는, 요즘은 뜯을 시기에 제때 뜯지 않아서인지 보기가 어렵다.

3월의 톳 채취

3월부터는 톳 채취가 시작된다. 톳은 만조와 간조 사이 조간대潮間帶 아래쪽 바위나 돌에 군락을 이루어 서식한다. 너무날 또는 다섯무날 때부터 열무날이나 열한무날까지 물이 썰 때, 두세 시간 작업한다. 한 물찌물거리에 일주일 정도 작업이다. 종전에는 뿌리째 캤는데 요즘은 '호미낫'로 베고 있다. 운반도 바지게 등짐으로 미끌미끌한 돌 위를 걸어야 하기 때

위 _ 톳 선별 작업
아래 _ 우도 전복

문에, 나이 드신 어르신네들은 눈앞에 돈이지만 도리 없이 포기한다. 톳은 혈압에 효능이 있다 해서 많이 찾는다. 주로 무치거나 데쳐서 반찬으로 먹는데, 요즘은 웰빙식으로 톳밥, 톳국수로 먹을 수 있게 가공되어 나오고 있다. 장마철에 톳을 널었던 잔디밭에서 바다에 떨어져 물에 분 톳 이삭을 주워다가, 쪽파에 둘둘 말아서 젓갈과 함께 맛있게 먹었던 추억의 톳 맛은 지금도 잊을 수 없다. 톳은 최근에는 급격히 줄고 있다.

4월의 미역 캐기

4월엔 미역을 캤었다. 어렸을 적 미역은 가정 경제의 큰 소득원이었다. 지금은 무게 단위로 셈을 하지만, 그 당시에 말린 미역을 세는 단위는 '냥'이었다. 스무 '냥'이 한 단이다. 미역 한 '냥'의 규격은 폭 15여cm, 길이 70~80cm 내외로 붙여 말린 것이다. 미역 첫 ㅈ문인 '허채許採, 즉 해경(解警)' 날은 가족이 다 나서야 했다. 미역 마중도 등짐으로 2km 가까운 거리의 집에까지 날라야 했기 때문에, 몇 차례 져나르고 나면 기진맥진이 되었다. '냥'으로 붙여 말리기 위해선 새벽 동틀 무렵부터 서둘러서 조반 나절에 붙여야 했다. 들판의 잔디밭에 미역 말릴 '나리장소'를 정하고, 돌이나 마른 소똥으로 각자의 경계 표시를 했던 추억도 아른거린다. 날씨가 며칠 궂으면 썩어서 버릴 때도 많았다. 말린 미역은 대부분 여수나 부산으로 돛단배에 싣고 가서 팔았다. 육지에 값이 싼 양식 미역이 출하되면서 우도 미역은 사양길에 들었다. 요즘은 먹을 만치만 우뭇가사리 채취

전에 헛물질할 때 캔다. 먹어 본 사람이면 다시 찾는 우도 미역이다.

5월부터 우뭇가사리 채취

5월 초부터 우뭇가사리 채취가 시작된다. 7월 초 장마가 닥치기 전까지 1번초 우뭇가사리 채취에 여념이 없다. 예전엔 장마가 끝나고도 2번초, 3번초까지 뜯었지만, 요즘은 우뭇가사리의 품질 유지와 번식을 위해 장마 전에 채취하고는 이내 금한다. 해녀들이 한 해 수입 중 목돈을 손에 쥐는 때가 또한 우뭇가사리 철이다. 상군과 하군의 차이도 별로 없다. 오히려 샛바람이나 거친 파도에 갯가로 떠밀려온 '풍초風草, 일명 버난지'를 줍고,

감태 작업

1. 우도, 우도의 삶

거기에 'ᄌᆞ문' 우뭇가사리를 합치면 상군보다 수입이 많은 하군 해녀들도
있다.

우뭇가사리 천초. 우미와 한천

우리나라 우뭇가사리 대부분이 제주산이며 그 중 우도산이 반 이상을
차지한다고 봐도 무방할 것이다. 우뭇가사리를 우도에선 천초天草 또는 우
미라고도 한다. 한천寒天은 우미를 끓여서 만든 묵이다. 업체에서는 묵을
겨울에 얼리고 말리고를 반복해서 수출했다. 젤리의 재질로 보면 될 것이
다. 여름에 묵을 만들어 반찬으로 많이 먹기도 하고 가늘게 채 썰어서 갈
증이 날 때 음료수로도 먹었다. 포만감은 있지만 영양가는 없는 식품이라
다이어트 하는 여성에겐 그만이다. 구황식품으로 미숫가루에 버무려 끼
니 삼아 배를 불리기도 했다.

우도 특산품 2

우뭇가사리 작업이 끝나면 보름 남짓 성게 작업을 한다.

물질 중 힘든 작업이 성게 작업이다. 물속에서 잡는 작업보다 뭍에서 까는 시간이 더 걸린다. 뙤약볕 갯가 뜨거운 돌 위에 쪼그려 앉아 서너 시간 성게를 까는 작업은 끈기 없인 안 된다. 마중해 줄 사람이 없는 해녀들은 오죽하면 깔 걱정부터 하고 잡아야 한다. 예전엔 갯가에 모여 앉아 서로서로 도와가며 했었는데 요즘은 각자 집에서 깐다. 다 까지 못하면 다음 날 아침에 까기도 한다. 아내가 잡은 성게를 세어 보았다. 서너 시간 물질에 적게는 400~500개, 많게는 800~900개, 때론 1,000개가 넘을 때도 있었다. 성게의 크기에는 별 차이가 없었는데, 성게 100여 개를 까는 데 30분 정도 걸렸다. 혼자서 까면 시간이 더 걸린다는 계산이다. 성게를 까면서 손에 가시가 박힐 때는, 가시 앙상한 성게를 몇 날 며칠을 캐면서도 손에 가시 하나 박히지 않는 해녀들만의 숙련된 기술이 그저 놀라울 뿐이다.

우도 성게는 없어 못 판다

우도 성게알 값은 다른 지역 것보다 갑절은 더 받는다. 그래도 없어 못 판다. 성게 먹는 방법도 다양하다. 생짜로, 젓으로, 국, 찌개로도 좋다. 갯가에서 갓 잡은 성게를 즉석에서 까서 돌에 붙은 미역을 따서 싸 먹는 맛도 별미지만, 따끈한 밥 한 공기에 성게알 한 술 듬뿍 넣어 약간의 참기름과 함께 비벼 먹는 맛은 정말 별미 중의 별미다. 오죽하면 우도의 잔칫집에 성게국과 성게소라무침이 없으면 동네 사람들의 입방아에 오르내릴 정도다. 어렸을 적 조밭 밟기 할 때 먹어 본, 소라와 양파를 썰어 넣고 끓인 성게알 된장찌개 맛은 지금도 잊을 수 없는 최고의 맛이다.

9월 말~10월 초부터 소라 채취

9월 말이나 10월에는 그동안 금했던 소라 채취가 풀린다. 허채許採 기간은 다음해 우뭇가사리 'ᄌ문' 시기까지다. 소라 작업, 곧 '헛물질'은 해녀들의 물질 기량에 따라 차이가 심하다. 상군, 중군, 하군의 잡는 양은 천차만별이다. 깊은 바다일수록 상군들만의 작업 장소라 해도 과언이 아니다. 소라를 맛있게 먹는 방법도 가지가지다. 회로 먹기도 하고, 구워 먹기도 한다. 소라는 성게알과 음식 궁합이 잘 맞는다. 국, 무침, 젓을 만들 때 같이 섞어 무치고 조리한다. 소라죽은 원기 회복에도 좋을 뿐만 아니라 환자들 입맛을 돋우는 데는 으뜸 음식이다. 뭐니 뭐니 해도 가장 맛있었던 소라는, 어머니가 불턱에서 불을 쬐며 마른 감태나 듬북 불에

위 _ 우도 뿔소라
아래 _ 성게 까기 작업

구워 주시던, 연기 냄새 나는 소라였다. 이것으로 우는 아이들을 달래기도 했다.

뿔소라 크기에 따라 – 쌀방구, 구젱기, 고동

소라는 크기에 따라 부르는 이름도 제각각이다. 아주 자잘한 소라는 '쌀방구', 그보다 조금 더 큰 것은 '구젱기', 다 큰 것은 '고동'이라 부른다. '뿔소라'라는 이름은 소라의 겉모양을 보고 부르기 시작한 것이다. 물발이 센 지역의 소라가 껍데기 뿔이 거칠다.

우도의 명물, 소립종 땅콩

우도의 자랑할 만한 농산물은 소립종 땅콩이다. 해풍에 바닷물을 먹고 자라서인지 맛이 독특하고 고소하다. 우도에서 파는 볶은 땅콩은 속껍질을 벗기지 말고 먹어야 한다. 속껍질째 먹는 것이 영양가도 더 좋을 뿐더러, 소금을 달궈서 같이 볶았기 때문에 간이 되어 있어서 고소한 맛이 더난다. 생 땅콩알을 그대로 먹어도 좋다. 처음엔 약간 비린내가 나지만 몇알 먹고 나면 오히려 입맛이 돋는다. 먹는 방법도 다양해서 땅콩자반, 땅콩국수, 땅콩밥, 땅콩아이스크림, 땅콩쿠키를 만들어 먹기도 한다. 요즘은 우도 땅콩막걸리를 찾는 사람들도 부쩍 늘었다. 우도에 왔으면 우도 땅콩의 진미를 맛보고 갈 일이다.

제주 돼지고기 중에서도 으뜸인 우도 돼지고기

　우도에서 먹어 볼 기회가 있다면, 추럼 돼지고기 맛 또한 최고의 맛이다. 서울에서 제주 돼지고기가 최고이듯, 제주에서도 우도 돼지고기를 으뜸으로 친다.

사라진 우도 저립

　'저립'은 80년대 이전 우도 근해에서 많이 났던 무척 큰 바닷고기다. 우도 특산물 중 으뜸 명물이었다. '저립' 고기를 알면 우도를 아는 사람이라 해도 과언이 아닐 정도다. '베지근ᄒ고' '듬삭ᄒ' 맛은 먹어 보지 않은 사람은 모른다.

　저립, 박ᄆ루에서 많이 낚았었는데…
　'저립'은 우도 해역에서도 물발이 거세기로 이름난 '박ᄆ루_{박치기를 하듯 넘}_{어야 하는 물마루}'에서 많이 났다. 6월 말 하지부터, 10월 말 상강 전후까지 낚았다. 물살이 센 '박ᄆ루'는 우도 북동쪽 5백여m 지점 해역이다. 세비코지와 자락 사이다. 마을로는 전흘동과 삼양동이 접해 있는 곳으로, 수심 15m 내외, 반경 3~4백여m 내외의 해역이다. 어떤 연유로 그렇게 큰 고기가 때가 되면 이곳까지 찾아와 얕은 수심에 정착하게 되었는지는 아리송하다.

1986년, 마지막 저립

기억하기론 1986년 음력 팔월 추석 전 한 후배_{윤찬국, 1955년생}가 '저립'을 낚은 것이 마지막인 것 같다. 명절날 아침 가족들에게 '저립 고기 갱羹으로는 마지막이 될 것'이란 말을 했던 기억이 생생하다. 그 후로 누가 '저립'을 낚았다는 말을 들어본 적이 없다.

저립은 재방어?

'저립'은 방어와 참다랑어 중간형이다. 바닷고기를 안다는 사람들은 '저립'을 재방어라 한다. 그러나 이곳 어부들 이야기로는 방어는 아니라 한다. 지느러미가 방어와 다를 뿐만 아니라, 특히 가시가 강철 같이 단단하기 때문이란다.

장정들이 목도를 할 정도로 컸다

'저립'은 무척 큰 고기이다. 내가 저울로 달아본 '저립' 한 마리의 무게는 작은 것은 80~90kg, 큰 것은 140~150kg이었다. 실한 장정들이 끈으로 묶고 목도를 해서 무게를 달았다. 그러나 그만한 크기로는 크다고 말할 수 없다는 게 '저립'을 잡았던 사람들의 한결같은 소리다. 그러하기 때문에 한 마리 통째로 저울에 달 수 없을 때는 토막을 내어 달았다 한다. 50kg 미만의 작은 '저립'은 '꽤저립' 또는 '마께저립'이라 했다. 상강 넘어서 잡힌 자잘한 '저립'은 무늬가 박혀 있어서 '고넹이_{고양이}저립'이라고도 불렀다.

내 메모장의 가격을 봤더니 값도 당시 통째로는 1kg에 2~3천여 원, 토막 낸 살코기는 kg당 3~4천 원 정도였다. 1986년 마지막 잡은 저립의 고깃값은 kg당 4,500원이었던 것으로 기억된다.

저립이 사라진 이유

그렇게 많던 '저립'이 80년대 들어서부터 차츰 줄어들면서 사라진 것은, 야간 채낚기 어업의 발달로 어선이 동력화되면서 야간에 집어등의 밝은 불빛이 물속 생태계를 교란했기 때문이 아닌가 싶다. 또 밤낮으로 요란한 발동선들이 오가며 소음과 진동을 일으켜 그동안 조용했던 바다 환경을 급격히 변화시켰기 때문이 아닌가 짐작해 본다. '저립'은 낮에도 물었지만 조용한 밤이나 '붉새^{여명}'에도 잘 물었던 것으로 볼 때 그리 짐작된다.

저립 낚시 미끼 - 만새기 한 마리가 저립 한 마리

'저립'을 낚으러 다녔던 사람들에 의하면, '저립'은 덩치가 크지만 약은 고기여서 주위가 산만하면 입질은커녕 미동도 하지 않았다고 한다. 미끼도 낮에는 죽은 것을, 밤에는 살아 있는 미끼를 쓰지만 그렇게 큰 차이는 없었다고 한다. 최고의 미끼는 살아 있는 '전대미' 또는 비늘이 무지개처럼 반짝이는 '만새기'라 부르는 물고기였다. 30~40cm 크기의 '만새기' 한 마리가 '저립' 한 마리란 말이 있을 정도로 귀한 미끼였다. '만새기' 미끼가 없을 때는 갓 낚아 올려 비늘이 헐벗지 않은 갈치나 고등어를 미끼로 썼다. 또 자잘한 물고기, 특히 작은 방어의 등지느러미 앞쪽을 낚시로 꿰어 마치 살아있는 고기처럼 위장하기도 했다. 한자리에 닻을 내리고 낚기도 하고, 때로는 풍선風船으로 오가며 낚기도 했다.

미끼가 없을 때는 속임낚시로 '끄슬게' 또는 '홀림낚기낚시'로 낚았다. 속임낚시도 손수 만들었다. 단단한 소뿔 끝부분은 고기 머리 모양으로, 뿔의 넓은 쪽은 장닭 꼬리털로 낚시를 위장시켰다. 요즘은 다양한 모조품들이 만들어져 나온다.

저립 낚싯줄 - 원술, 알목, 목줄

낚시 도구로는 200여m의 '낚시술줄'이 필요한데, 이는 '저립'이 낚시를 물고 멀리 끌고 갈 것에 대비하기 위함이다. 또 예비용 낚시술도 준비해 두었다가 '원술'이 짧을 것 같으면 고기술낚싯줄 상자를 빨리 뒤집어 쏟는다. '저립술'은 '원술'과 '알목중간줄', '목줄낚시아리'로 나뉘는데, '원술'은 손이 미끄러지지 않도록 촘촘하고 단단하게 꼰, 질긴 면사綿絲, 무명실이다. '원술'에는 돼지 피나 감물을 들여 고기술을 뻣뻣하게 해서 줄 엉킴과 좀먹고 삭는 것을 방지했다. '알목중간줄'은 '원술'과 같은 재질의 줄로 50여m 길이인데, 고기의 요동으로 원술이 엉키는 것을 방지하기 위한 중간 단계로 보면 될 것이다. '목줄낚시아리'은 낚시와 연결하는 부분인데, 실같이 꼬인 가는 철사다. 술 연결 마디마다 굵은 철사로 된 '낚시도래'로 묶어서 '술'이 엉키거나 꼬이는 것을 방지한다. 목줄 연결이 허술해서 물린 고기를 놓치는 경우도 많았다고 한다.

저립과의 한바탕 사투

'저립'이 낚시를 물면 20~30분간 사투가 벌어진다. '술줄'을 당겼다 놨다 하는 강도 조절로 손바닥의 아픔은 이루 말할 수 없다고 한다. 아프다고 팽팽한 '고기술'을 확 놓아버릴 수가 없어서 때로는 손바닥이 벗겨질 때도 있단다. 특히 고기술을 손에 감는다든가 고정시켜서는 안 된다. 다 잡은 '저립'을 가끔 배 위로 끌어올리다가 놓치는 경우는 '갈퀴질'을 잘못해서이다. 이때의 허망함이란 형용할 수 없다 한다. 낚시에 어떻게 걸렸느냐에 따라 다르긴 하지만 저립을 낚는 확률은 반반이라 한다.

바닷고기 맛 중에 최고는? 저립!

'저립'의 속살을 칼로 베어 보면 결이 선명해 살코기의 층이 촘촘하게 형성돼 있는 게 특이했다. 살코기가 익으면 조금만 건드려도 그 결 따라 분류된다. 맛은 지금까지 먹었던 바닷고기 맛 중에 최고였다. 그보다 맛있는 바닷고기는 먹어 보지 못했다. 오죽하면 시내 식당에서도 '베지근흔' 바닷고기 국이면 '우도 저립궤기국'이라 할 정도니 말이다. 고기 맛이 특별했던 것은 소금에 절인 경우였다. 소금물을 우려내고 국을 끓이면 '저립' 본래의 맛으로 돌아온다. 겨울에 무를 넣어 국을 끓이면 그 맛은 별미였다. 잡아서 바로 뱃살을 베어내 생으로 돼지고기 삼겹살 썰듯 썰

바닷가 낚시 풍경

어서 천일염 돌소금에 찍어 먹던 감칠맛은 지금도 잊을 수가 없다. 특히 '봇알집'이 두 가닥으로 폭 10여cm, 두께 3~4cm, 길이 50~60cm인데, 날로 썰어서 먹었던 그 맛은 여느 횟감과 비교할 수 없는 맛이었다. 한두 점 외에는 더 주지도 않았다. 내장도 삶아서 소금을 찍어 먹었던 것을 생각하면 지금도 절로 침이 넘어간다. '저립' 추렴에 동네 사람들이 모였던 것은 뱃살과 삶은 내장, 알집 한 점을 얻어먹기 위해서라고 해도 과언이 아니었다. '저립' 잡는 날은 동네 잔칫날이었다. 먹지 않는 부위는 아가미와 간뿐이었는데, 먹으면 두통과 탈모 증상이 있다 해서였다.

저립 세 마리 만선기滿船旗는 이제 옛이야기일 뿐

'저립'이 사라진 지 이미 오래다. 저립이 한창이던 시절, 돛단배 이물 닻줄을 묶는 멍에에 배를 밀고 당기는 상앗대를 묶어 세워 그 끝에 만선기滿船旗를 달고 포구로 들어올 때, 동네 사람들이 모두 나와 구경하던 풍경은 이제 옛이야기일 뿐이다. 만선기는 저립을 세 마리 이상을 낚고 들어올 때의 표시였다. 작은 풍선 갑판 위에 150kg이 넘는 고기를 세 마리 이상 실은 모습은 상상만으로도 흐뭇하다. 만선의 무게로 배가 평소보다 잠길 수밖에 없었을 것이다. 하루에 한 사람이 혼자서 가장 많이 낚았던 저립 수는 열한 마리, 자잘한 '쾌저립'이었다는 이야기다.

지나고 보니 우도에 살면서 '저립'을 낚는 손맛을 느껴보지 못한 게 아쉽다.

ᄀᆞ시 나들이

우도 사람들은 뭍^{큰섬}에 가는 것을 "ᄀᆞ시^뭍 간다." 한다. 'ᄀᆞ시^뭍' 가려면 며칠 전부터 날 잡고 설렘으로 기다렸다. 우도에서 큰섬과의 거리는 성산항까지는 3.8km, 종달포구까지는 2.8km이다. 뭍 나들이는 여느 섬이나 마찬가지로 여간 불편한 게 아니었다. 날씨가 변수여서 풍랑주의보가 장기화될 때는 몇 날 며칠 오도 가도 못해 애만 탄다. 때론 바다는 잔잔한데도 '갯도 매'서 배가 나다니지 못할 때도 있다. '갯도 매다'란 말은 항·포구 입구에 누^{파도}가 친다는 말이다. 이럴 때는 한밤중 위급한 환자 수송도 속수무책이다.

섬사람들은 날씨 따라 생활한다 해도 과언이 아니다. 일상적인 생활이 자유롭지 못함을 받아들이고 사는 게 섬사람들이다.

큰섬 동경
섬이라고 괄시를 받던 시절, 고향이 '쉐섬^{소섬}'이라 하면 부끄러웠다.

태생이 섬이면서 누가 고향을 물으면 섬사람이 아니라는 사람도 있었으니, 오죽했으면 소섬 ^{우도}이란 소리가 듣기에 거슬려 1900년경 '연평^{演坪 : 물} ^{에 뜬 두둑}'이라고 섬 이름을 바꾸었을까? 처녀들도 섬 총각과의 결혼은 심사숙고했었다. 공직자들도 왜 하필이면 섬이냐면서 섬 발령을 꺼려했다. 요즘은 뱃길 왕래가 편리해지면서 섬 발령 경쟁이 치열하다고 한다.

어릴 적 우도 아이들은 큰섬을 동경하고 살았다. 방학 때가 아니면 뭍 구경하기란 쉽지 않았다. 그마저도 밖에 사는 가족이나 잘사는 친척이 있어야 했다. 며칠 먹을 쌀을 짊어지고 가야 했으니, 우도 아이들에게 뭍 나들이는 시골 아이들이 서울 구경을 그리워하듯 했다. 지금은 거꾸로다. 도시에 사는 아이들이 섬을 그리워한다.

돛단배 _{외대박이, 두대박이, 세대박이}

당시 우리가 타고 다녔던 배는 돛단배였다.

'돛단배'는 배 이름이나 허가 없이도 영업을 했다. '누구누구네 배' 하는 식으로 선주의 이름이 배 이름이었다. 돛대의 숫자에 따라 '단대선^{외대} ^{박이}', '이대선^{두대박이}', '삼대선^{세대박이}'이라 불렀다.

'단대선'은 육지와 가까운 곳에서 작업을 했다. 날씨가 좋은 날 노를 저어 바다에 나가 고기를 낚았다. '단대선'은 또한 '해녀 배'이기도 하다. 해녀들이 '난바르'로 2~3일 배에서 숙식하며 물질 작업 장소를 따라 이동하며 작업한다. 이를 '뱃물질'이라 한다. 바람과 파도가 잔잔하고 물살이 세

위 _ 큰섬 나들이
아래 _ 자연호에서 내리는 모습

지 않은 물때에 하는 작업이다. 해녀들이 노를 젓고 이동한다. 해녀 노동
요는 노 젓는 가락이라 해도 과언이 아니다. 예컨대 노를 밀고 당기는 박
자에 맞춰 '이어싸나 이어싸나, 이넬저성 어딜가리, 이어도싸나, 쳐라쳐
라…' 하는 후렴과 고달픈 사설 가락을 주거니 받거니 되받아 부르는 해녀
노래는, 지친 기운을 북돋우고 힘든 노동을 이기게 해 주는 삶의 소리다.

'이대선'은 그물이나 주낙 작업을 주로 하는 어선이다. 범선 대부분은
돛이 두 개였다. 배가 있는 사람들은 가끔 마을 사람들의 편의를 위해 오
일장_{동남, 성산, 세화장}이 서는 날엔 돼지와 생필품을 사러 다녔다.

'삼대선'은 배가 크다. 사람과 짐을 싣고 다니는 지금의 '화객선'이다.
먼 거리 항해로 육지에서 옹기를 싣고 와 포구마다 다니며 몇 날 며칠 정
박했던 모습이 눈에 선하다.

돛단배 항해술

돛단배 뭍 나들이는 가고 싶을 때 가고, 오고 싶을 때 오는 게 아니었
다. 바람과 물때를 맞춰 다녀야 했다. 돛단배 항해술은 오랜 경험 없이는
어려웠다. '지물지브름_{뱃길과 물 흐름, 바람 방향이 같음}'인 순풍이면 20~30분이면
도착할 거리인데도, 역풍에 '맞절_{배 가는 반대 방향의 바람과 물결}'일 때는 도착 시
간을 가늠하기 어려웠다. 특히 역풍은 돛에 바람의 강약을 조절하며 지그
재그로 항해해야 하기 때문에, 배가 돌아설 때 잘못하면 왔던 직선거리보
다 더 떠밀린다. 그럴 땐 별수 없이 힘겹게 노를 저어야 한다.

풍선風船의 노는 대부분 4개로, 양쪽에 각 두 개씩이다. 키잡이 노는 '하노뒤쪽에서 젓는 노', 보조 노는 '젓걸이노곁노'다. 하노하네는 젓걸이노보다 크고 무거우며 선미船尾 키 구멍을 중심으로 '칫둥무니키를 꽂는 선미' 양쪽에 설치하고, 젓거리노는 노를 저을 때 하노와 서로 부딪치지 않도록 '뱃파락' 좌우 뱃전에 설치한다. 물발이 세고 거칠 때 하노의 보조 역할을 하며 돛단배 속력의 탄력을 돕는다. 노를 당겼다 밀었다 하면서 배가 한쪽으로 기울어지지 않게 리듬을 잘 타야 한다. 키잡이 '하노'는 힘이 세고 경험 많은 숙련된 사람이 요령과 힘으로 앞에서 오는 파도를 잘 타야 한다. '젓걸이노'는 약간 서툴러도 노가 중심에서 벗어나지만 않으면 된다. 노는 재질이 나무여서 물에 뜨기 때문에 노 중심 잡기가 쉽지 않다. 노가 놋좆에서 이탈하지 않게 하는 요령은 경험이다.

봄철엔 해무나 안개로 목적지를 벗어나 망망대해에서 방향을 가늠할 수 없어 안개가 걷히기를 기다려야 한다. 사람은 선상에서 치는 파도를 뒤집어써도, 생필품은 젖지 않게 잘 덮었다. 양복 차림의 섬 밖 외출 시에 항해 중 파도를 뒤집어쓰는 날은, 옷이며 구두가 소금에 절어 빳빳했다. 얼굴과 머리에도 소금기로 허옇게 얼룩이 졌다. 그래도 뭍 나들이만 할 수 있다면 하고 살았다.

발동선 목선 시대

60년대 이후 90년대 초까지는 발동선發動船이었지만 편하고 안전하지

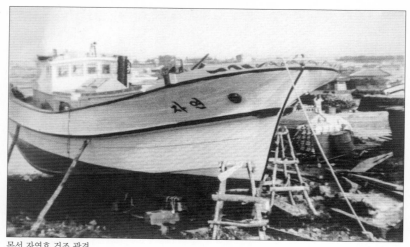

목선 자연호 건조 광경
자연호는 1969~1982년 사이 우도와 외부를 잇는 도선 역할을 했다

못했다. 물때와는 상관없었지만, 대부분 소형 어선이거나 어선을 개조한 도선이었다. 조타실도 객실도 없는 어선은 파도나 비바람에도 좁은 간판 위에 쪼그려 앉아 있어야 했다. 아니면 고기 넣는 창倉에 들어가 파도와 비바람을 피해야 했다. 파도와 배가 부딪치는 소리는 마치 조각배가 두 동강이 날 것만 같아 간담을 서늘하게 했다. 항해 중 고장이 나면 끌배의 도움 없인 속수무책이었다. 내연기관이라 화약에 불을 붙여 실린더 속에 넣고 폭발시켜 시동을 거는 것은 구경거리였다. 기관실의 종은 선장과 기관장의 교신을 위한 것으로, 선장이 키를 잡고 치기 편리한 위치에 종끈

이 연결되어 있었다. 배의 전진, 후진, 정지 등은 약속된 타종의 수에 따랐다. 그 후는 벨소리로 신호를 주고받았다. 요즘은 기관실에 기계를 걸고 조타실에서 제어하는 중앙 집중 자동시스템이다.

광신호 사고

잊지 못하는 배 사고는 1961년 1월 20일 광신호 사고다. 광신호는 세화 오일장의 장꾼과 짐을 싣고 오다가 하도리 앞바다에서 뒤집혔다. 40여 명의 장꾼 중에 5명이 목숨을 잃었다.

도선의 맥도 다양하다. 1935~1948년 사이는 일제강점기부터 사용한 기선인 '우도호', 1949~1959년 사이는 범선, 1960~1992년 사이는 목선 발동기로 맥을 이으며 연륙의 다리 역할을 했다.

1992년 철선 시대의 개막

그 후 1992년 8월 철선 시대가 열리면서 '우일호(1992~2014)' 취항으로 사람과 자동차를 싣고 다니기 시작했다. 1995년 '우일카훼리호, 덕일훼리호', 1998년 '우일훼리호', 2004년 6월 '우도사랑 1, 2호', 2014년 6월 '우도훼리호, 우도랜드 1, 2호' 등 도항선이 무려 8척이다. 지역 경제에 일조하고 있는 것만은 틀림없으나 섬의 문화는 사라지고 있어 안타깝다.

좋은 점이 있으면 나쁜 점도 있게 마련. 무질서한 상행위, 야박한 인심, 변하는 고유문화와 자연환경 등 황폐화해 가는 섬을 보며 옛날을 그리고 있을 뿐이다.

우도 도선의 역사

선 명	소유 년도	소유자	소유 지분	선박종류 및 기관	허가 관청	운항 기간	비 고
우도호	1935년	임학인	1/3	기선소구 15HP	전라남도 지사	약 12년	
		김원배	1/3				
		고좌화	1/3				
범선	1949년	임학인	1/2	범선	무허가	3년	
		홍한댁	1/2				
범선	1954년	임학인	1/2	범선	무허가	2년 6개월	
		홍두행	1/2				
염포호	1956년	오영배		어선소구 10HP	무허가	약 1년 6개월	
범선	1958년	홍한오			무허가	1년 5개월	
광신호	1960년	김노대	1/2	어선소구 10HP	무허가	6개월	1월 20일 하도포구 앞에서 좌초 5명 사망
		강희숙	1/2				
협동호 협신호	1960년	홍한오	1/4	어선소구 15HP 20HP	무허가	1년 4개월	
		신인홍	1/4				
		김두정	1/4				
		양성주	1/4				
태인호	1961~2년	임학인		기선소구 30HP	북제주군	1년 3개월	
창신호	1962년	임학인 임봉순	1/3	기선소구 25HP	제주경찰 서장	6년 5개월	북제주군소유
		홍한오	1/12				
		신인홍	1/12				
		김두정	1/12				
		양성주	1/12				
		김팽경	1/6				
		강맹아	1/6				
	1963년	홍한오	1/2				
		임봉순	1/2				

선 명	소유 년도	소유자	소유 지분	선박종류 및 기관	허가 관청	운항 기간	비 고
평제호	1968년	정성준		어선소구 15HP	무허가	1년 2개월	
자연호	1969년	임봉순	1/2	기선디젤 45HP	북제주 군수	9년 2개월	
		홍한오	1/2				
	1972년	홍한오	1/3	기선디젤 60HP			
		임봉순	1/3				
		윤만수	1/3				
	1978년	임봉순	1/2				
		윤만수	1/2				
	1978년	임봉순					
연봉호	1983년	임봉순		기선디젤 60HP	북제주 군수		83년6월9일 취항
	1986년	임봉순		기선			자연호 체선 신조취항
협성호	1986년 7월	임봉순		기선디젤 90HP	북제주 군수		
연봉호 협성호	1990년 3월	강영길		기선디젤 90HP	북제주 군수	1년 6개월	
우일호	1992년 8월	강영길		기선디젤 560HP	해양경찰 서장	1992년 8월 ~2014년	
	1992년 8월	임봉순	1/2				
		강영길	1/2				
	1993년 12월	임봉순					
우일카 훼리호	1995년	우도해 운(주)		기선디젤 950HP	〃	2015년 현재	120톤
덕일 훼리호	1995년	〃		기선디젤 660HP	〃	〃	87톤
우일 훼리호	1998년 5월	〃		기선디젤 1050HP	〃	〃	153톤

선 명	소유 년도	소유자	소유 지분	선박종류 및 기관	허가 관청	운항 기간	비 고
우도사랑 1호	2004년 6월	(주) 우림해운		기선디젤 2200HP	〃	〃	325톤
우도사랑 2호	2004년 6월	〃		기선디젤 2200HP	〃	〃	325톤
우도 훼리호	2014년 6월	우도해운 (주)		기선디젤 2200HP	〃	〃	309톤
우도랜드 1호	2013년 4월	(주) 우도랜드		기선디젤 1440HP	〃	〃	172톤
우도랜드 2호	2014년 11월	〃		기선디젤 2482HP	〃	〃	293톤

1. 우도, 우도의 삶

정보 통신의 변화

전화가 없던 시절, 반갑게 기다렸던 배달부 아저씨가 생각난다. 초등학교 어린이도 개인 전화기를 갖고 다니는 요즘, 격세지감이다. 어렸을 적 몽당연필로 누런 똥 종이에 편지를 쓰고 우체통에 넣거나 배달부 아저씨를 기다렸다 편지를 부쳤던 추억이 새롭다. 그때는 마을마다 우체통이 있어서 우체부 아저씨가 우편물을 배달하고 우체통에 있는 편지를 수거해 갔다.

편지지도 흔치 않았을 때, 누런 공책 종이 뒷면에 딱딱한 종이나 책받침을 받쳐 글씨가 선명하게 글을 쓰다 틀리면 지우개로 지우거나, 지우개가 없으면 손가락 끝에 침을 발라 틀린 글자를 지우다 구멍이 나서 글씨가 엉망이 되었던 기억도 새록새록 난다.

걸어만 다녔던 그 시절, 제복 차림에 체신마크를 새긴 모자를 쓴 배달부가 끈 긴 무거운 가방을 어깨에 메고 집집마다 우편물을 배달했던 모습도 눈에 선하다. 집배원을 당시는 배달부 또는 우체부 아저씨라 불렀었다.

편지, 엽서, 전보

그 옛날 멀리 떠나 있는 가족이나 지인들과 소식 한번 주고받으려면 몇 날 며칠이 걸렸다. 소식을 주고받을 수 있는 통신이라고 해 봐야 편지나 엽서, 전보만이 유일한 수단이었다. 전보는 집안 식구들을 깜짝깜짝 놀라게 했었다. 어지간해선 전보는 치지 않았으니 그럴 수밖에 없었다. 전보는 글자 수에 따라 요금이 정해져 있어 기본 글자 수를 초과하지 않으려 했다. 띄어쓰기도 글자 수에 들어갔기 때문에, 띄어쓰기 하지 않은 글은 내용을 파악하려고 한참을 읽고 또 읽어야 했다. 한자를 한글로 쓴 경우에는 해석을 잘못했던 일화도 많았었다.

섬의 열악한 통신 환경

섬 지역의 통신은 더 열악했다. 태풍이나 기상 악화로 며칠간 도선渡船이 다니지 못할 때는, 늦게 부친 편지와 빨리 친 전보를 같이 받아 볼 때도 있었다. 일을 다 치르고 나서야 소식을 접할 때도 있어서 섬에 사는 서러움에 늦은 통신도 한몫했다 해도 과언이 아니다. 그래도 그 시절엔 기다림이 추억이었다. 부모님 전 상서의 제목에 구구절절 가족들의 안부편지, 국군장병 위문편지, 외딴 사람과의 펜팔 편지, 시구절이나 책의 좋은 글을 인용해 감동을 주던 연애편지…. 그 시절 몽당연필과 편지가 생각난다.

우도 전신전화국

우도에 전신전화국이 생긴 건 1980년경이 아닌가 싶다. 그때는 전신과 전화를 같이 취급했다. 그 후 1986년경 우체국과 전화국이 분리되면서 전화통신은 공사와 사설로 다양해졌다. 우도에서 최초로 가정에 전화기가 설치된 건 우도에 전신전화국이 생기면서인 것 같다. 집배 업무는 1982년경 세화전신전화국에서 이관되어 온 것으로 기억된다. 그 전엔 전신전화국 분소가 한 군데 있었다. 발전기를 돌려서 전화를 받던 시절이었다. 전화기 한 대로 하루에 한두 차례 정해진 시간에 통화를 하기 위해 미리 대기하기도 했었다.

공전식 전화기, 자동교환식 전화기

전화기가 처음엔 부의 상징이기도 했다. 좋은 전화번호는 웃돈을 주고 거래했던 시절이다. 어려운 가정에선 전화 놓을 엄두도 못 냈다.

그 당시 전화기는 교환원 호출로 연결하는 공전식 전화기였다. 이때는 교환원과의 짓궂은 장난 전화와 취객들과의 시비도 비일비재했었다. 밤늦은 시간에 교환원과의 통화로 좋은 인연이 된 경우도 있었다.

교환원이 필요 없게 된 것은 자동교환 방식 전화기의 다이얼을 돌리거나 버튼을 누르면서부터다. 가정에 전화기 보급이 평준화된 시기도 이때부터다. 전화가 없는 집에선 공중전화가 설치된 곳을 찾아 사용했다. 그땐 사람들이 많이 드나드는 곳에 공중전화가 설치되어 있어서 전화를 걸기 위해서는 줄을 서서 차례를 기다렸다. 기본요금인 동전이 다 떨어지기 전에 추가로 동전을 투입하면서 전화를 걸었다. 그 후 공중전화기에 카드를 꽂고 사용하다가, 개인 핸드폰이 나오면서 이제 공중전화기는 찾아보기도 어렵게 되었다.

삐삐, 무전기, 핸드폰, 스마트폰

반세기나 되었을까. 비약적인 정보 통신 발전이 세대의 격차를 실감하게 한다. 개인 전화기의 변화도 급물살을 탔다. 처음엔 허리띠에 차고 다니는 삐삐 진동기, 안테나를 뽑아야 통화가 가능한 무전기, 쇠뭉치 모양의 무선전화기가 나왔는데 모두 그리 오래가지 못했다. 이제 개인이 손전화기나 스마트폰을 하나씩 가지고 다니는데, 이름도 다양하고 기능과 성능도 탁월하다. 각종 정보를 알고 싶을 땐, 언제 어디서나 손가락 터치로 모든 걸 알 수 있다.

요즘은 유치원 졸업 선물이 개인 핸드폰이라고 한다. 세상 오래 살고 볼 일이다. 날로 발전하는 정보 통신에 놀라지 않을 수 없다. 개인의 정보 능력도 능력이지만 국가 경쟁력이 좌우되는 무기다. 시대에 뒤질세라 초등학교 어린이들마저 대세에 따라 경쟁하고 있다 해도 과언이 아니다. 요즘은 개인 전화기가, 있다 없으면 불안해지는 분신 같은 존재다. 핸드폰을 잊고 나갔다 돌아온 적도 한두 번이 아니다.

육십 대가 넘은 세대들은 대세에 따라가지 못해, 종전의 컴맹에서 요즘은 스마트폰 맹인이 되는 게 아닌가 싶다. 나도 스마트폰이 없다. 필요 여부에 따라 구입할까 말까 고민 중이다. 언젠가 구입한다면 초등학교 1학년 손녀에게 배워야 할 판이다. 다양한 정보를 알기 위해선 별도리가 없다.

사라지는 손글씨

컴퓨터나 스마트폰 사용으로 손글씨가 사라지는 것도 아쉽다. 구세대들은 종이를 넘기며 보는 신문과 책에 익숙해 있는데, 이마저도 점점 사라지고 있어 안타깝다. 예전 선생님들의 손글씨나 붓글씨는 사뭇 돋보였다. 시험 때 문제지도 철필로 등사원지를 줄판 위에 대고 글을 써서, 검정 기름잉크로 등사기에 한 장 한 장 넘기며 등사했다. 시험지를 받아들면 폴폴 나는 기름 냄새가 역겨웠지만, 지금 생각하면 향기 있는 추억이다.

컴퓨터와 복사기가 나오면서 글자 크기, 모양, 색상 등등 원하는 대로 기능이 다양하다. 소식도 전자우편이나 메시지, 심지어는 영상통화로 주고받을 수 있어서 편리해진 것만은 사실이다. 글쓰기에 재능 있는 사람들의 육필이 묻혀버리는 게 안타깝다. 군대나 행정기관에서 브리핑 차트를 만드는 데 글씨를 잘 쓰는 사람은 요직에 있었다. 글씨로 먹고 살았던 직업적인 사람들도 있었다. 지금도 원고지를 사용하며, 손전화기가 없다고 한 어느 원로 작가의 말이 생각난다. 전화기가 글 쓰는데 방해가 된다는 말, 요즘 세대들은 어떻게 받아들일까?

우리 동네 만동회

내가 태어나 사는 동네는 우도에서 동쪽 끝이다. 태양이 솟아오르는 동네라 해서 마을 이름도 '비양동飛陽洞'이다. 종전엔 우도가 열한 동네였는데, 우도 중심지에 마을이 형성되며 지금은 열두 동네. '비양동'은 우도 열두 동네 중 가장 큰 동네이기도 하다. 소싯적엔 몇몇 성씨의 집성촌으로 백여 세대가 넘었었다. 상주인구도 삼백 명이 넘었을 뿐더러 집안이나 동네에 일이 있으면 내 집 일같이 모다들어 서로 품앗이하면서 오순도순 살았었다. 지금은 육십여 세대에 백 명 남짓의 주민이 살고 있다. 해녀들이 대부분이어서 해녀들을 중심으로 마을을 이끌어 가고 있다. 상주인구 비례로 본다면 해녀들이 많은 곳이 아닌가 싶다.

산업의 발달로 난뎃사람들이 하나둘 들어오면서 동네는 어수선하고 전통문화의 뿌리는 오래갈 것 같지 않다. 토박이들도 전통이 먹여 살리느냐는 식으로 같이 휩쓸리고 있다. 소중하게 지켜야 할 자연과 문화는 너무 빠르게 흔들리고 파괴되고 있어 울컥하다. 끼니가 어려웠을 때도 살아왔었는데 하는 생각은 나만의 느낌인가.

동네의 소식을 알리던 광고판 동산

　오순도순 수눌음^{품앗이}으로 살고 있는 회의 문화를 살펴보자. 어렸을 적 동네마다 '광고판 동산'이 있었다. 여자들 모이는 곳이 불턱이라면 남자들 모이는 곳은 '광고판 동산'이었다. 마을 중심부 돌담 벽을 의지 삼아 모여 앉아 담소도 나누고 동네 사소한 일을 해결하는 장소이기도 했다. 울퉁불퉁한 돌담 벽은 동네의 소식을 알리는 '광고판'이었다. 회의가 있으면 똥종이에 '알림'이란 손글씨를 써서 밥풀로 붙여 돌아서면 떨어지기도 했던 추억의 광고판이었다. 시멘트로 벽면을 고르게 해서 '광고판' 또

동네 소식을 알리던 광고판

는 '공보판'이라 써 놓았던 페인트 글씨도 생각난다. 회의 전날은 가가호호 방문하며 동회洞會에 참석하지 않으면 궐금闕金을 징수한다고 했던 기억도 난다. 시간이 되면 고동비단고동 끝에 구명을 냄을 불어 회의 시간을 알리기도 했다. 요즘은 마을마다 있는 확성기로 알린다. 제시간에 모이는지 여부로 동장의 리더십도 가늠한다.

처음 참석한 만동회

나는 직장 생활로 섬 밖을 오가며 살아서 동네 회의에 참석한 기억은 별로 없다. 우리 동네는 특별한 사안이 없으면 연시총회와 연말총회로 일 년에 두 번 '만동회'를 한다. 만동회라 함은 '동네 사람들이 다 모여서 하는 회의'란 뜻으로 이해하면 될 것이다. 이번엔 나도 전년도 연말총회와 올해 연시총회에 참석했다. 처음이어서 지켜보기만 했다. 참석한 동네 사람들은 오십 대에서 구십 대까지다. 청년들이 중심을 이뤘던 동네였는데 이제 청년들은 몇 명 되지 않는다.

한 편의 연극 - 웃고, 떠들고, 소리치고, 박수 치고

회의의 절차보다 사안별 안건 상정과 심의 의결 과정을 눈여겨봤다. 기본적인 통상 안건과 그 외에 부의할 안건은 동네 사람이면 누구든 제기할 수 있고, 회의장에서 바로 의제로 받아들여 다뤘다. 심지어 가정의 생활 불편 사항까지 함께 해결하는 모습은 동네 회의가 아니면 볼 수 없는 광경

1. 우도, 우도의 삶

이었다. 규정과 절차와 시간에 얽매인 회의만 봐 왔던 나로선 만동회의 분위기가 참으로 신선하게 느껴졌다. 합리적이고 민주적인 방식이란 생각이 들었다. 토론할 땐 격렬하고 심지어는 인신공격을 일삼다가도, 합의의 도출은 거수나 투표가 아닌 박수로 의결하는 모습은 참으로 의외였다.

네댓 시간에 걸친 회의는 정말 마라톤 회의였다. 어르신들도 끝까지 자리를 지키는 것을 보고 깜짝 놀랐다. 앉은 자리가 장판 바닥이라 불편한데도 그 오랜 시간 동안 지겹게 여길 겨를이 없었다. 웃고, 떠들고, 소리치고, 분노하고, 감정을 추스르며, 박수 치고 하는 회의장 분위기는 마치 오랜 시간 연극을 보는 느낌이었다.

향약을 모태로 한 동회 지침

향약鄕約을 모태로 하여 한 세기 가까이 선조들이 지켜 온 동회 지침은 감동이었다. 조문 한 구절 한 구절에서 심사숙고를 느낄 수 있었다. 예컨대, 동네에 가입을 하는 데는 큰아들과 작은아들, 딸과 며느리, 외지인과 토박이, 가구와 세대, 기간과 시기를 분명하게 구분했다.

큰아들은 호주, 작은아들은 분가의 개념으로 구분하고, 다른 동네로 시집간 딸은 이혼을 했어도 동민으로 받아들이지 않는다. 외지인이웃 마을 사람 포함은 자기 집을 소유하고 일정 기간이 지나야 동네에 가입된다. 가구와 세대는 편법을 방지하기 위해 한 가구에 두 세대를 인정하지 않았다. 다만, 남남일 경우는 상당한 기간이 지나야 한다. 이러한 절차도 만동회에서 결정해야 했다. 심지어는 6개월 이상 집을 비워도 제명 대상이다.

동네에 가입이 이렇게 까다롭고 분명한 것은 동네 관할 바다의 해산물 채취가 생계와 관련이 있어서다. 지금도 이 제도는 변함이 없어 해녀들은 예민하다. 오죽하면 동네 부역에 빠지거나 금채禁採된 해산물을 채취하면 벌금을 엄격히 부과했을까. 동네 부역을 안 나왔을 때는 궐금闕金을 부과하고, 해산물을 함부로 채취한 범채자犯採者에게는 부역 궐금에 상회하는 범칙금을 강제 징수한다. 이러한 결정도 연시총회 만동회에서 결정한다.

굴러온 돌, 박힌 돌이 한데 어우러지기를

이번에 육지에서 들어와 집을 사서 사는 사람들 중, 두 가구가 동네 가입을 했다. 동네에서 태어나고 자란 사람들에게도 이렇듯 규약이 엄격할진대, 하물며 낯선 곳에서 들어와 사는 사람들에게도 예외가 없다. 토박이들이 보기에 외지 이주민들은 지역 문화와 정서는 안중에도 없고, 동네 궂은일은 내 일이 아니라 여기면서 자기들 좋은 일에만 더불어 살겠다고 하는 것은 아닌가 하는 의구심이 있다. 농익은 동네 사람들의 마음은 헤아리려 하지 않고, 섬사람들만이 배타적인 사람인 양 치부하며 토착의 문화와 정서를 흔들고 있어 안타깝다. 동네에 가입되지 않은 채로 살면서 우도 사람이라고 하기엔 시기상조가 아닌가 싶다.

빛바랜 동네 향약을 보며, 선조들의 공동체 삶을 곱씹게 된다.

지금 내 고향 우도는

　내 고향은 우도다. 십여 년 전만 해도 섬 속의 섬, 때묻지 않은 고장으로 다시 와보고 싶은 섬이었다. 자연 풍광에 매료됐고, 순박한 사람들의 정과 인심에 감동했던 내 고향 소섬이었다. 소처럼 일했고 소처럼 살았었다. 농사일, 집안일, 이웃에 일어난 동네일도 남의 일이라 여기지 않고 솔선했다. 웃고 울 일도 같이 기뻐하고 같이 슬퍼했다. 이웃에 일이 생기면 부득이한 사정이 아니면 우도 밖에 나갈 일은 다음으로 미뤘다. 모다들어 '수눌음^{품앗이}'으로 살았었다. 집에 제사나 동네 돼지 추렴이라도 할 때는 동네 어르신을 먼저 챙겼고 공경했다. 나눠 먹는 것을 미덕으로 여겼던 미풍양속이 우도 인심이며 우도 문화였다.

　법法은 멀고 정情은 돈독했던 내 고향 우도
　동네 송사문제나 이웃 간 다툼과 불미스러운 일은 마을 유지들이 나서서 해결했다. 심지어는 부부싸움도 이웃이 나서서 화해를 시켰다. 법은 멀고 정은 돈독했던 내 고향 우도였다. 정과 관습을 중요시했던 내 고향 소섬, 더불지 않으면 살아갈 수 없는 이웃이기에 마을을 위해선 어지간한 것은 손해라 여기지 않고 당연시하고 살았다. 공공의 편의시설이라면 보상은커녕, 단돈 한 푼 받지 않고 무상으로 마을 안길, 농로를 넓히는데 서슴없이 내놓았던 우도 사람들이었다. 우도 사람들끼리 땅을 사고팔아도 내놓고 들여놓은 부분은 따지지 않았었다. 있는 사람은 없는 사람의 부탁을 헤아리며 공존 공생하였다. 공공의 일에 참석치 못하면 죄를 지은 양 자책하던 사람들이었다. 날마다 만나는 사이라 얼굴 붉히고 살지는 않던 우도 사람들이었다. 청년들의 선후배 관계도 돈독했었다. 선배의 말을 지상명령으로 여기고 살았었다.

요동치는 인심, 법法대로 하자

이랬던 우도가, 연간 이백만 명 이상의 관광객이 드나들면서, 인심이 요동치고 있다. 섬 속의 섬이란 평화스러운 말은 옛말이 되었다. 산업의 발달로 의식주가 해결됐고, 정보 통신과 먹는 물 문제까지 해결(2010년)돼 생활하는데 불편 없고, 뭍 나들이도 편리해지면서 우도의 인심은 각박하다 못해 냉랭하기만 하다. 그 옛날 겨울철 외양간 거름을 말려서, 구들방 아랫목을 따뜻하게 '굴묵 짇어서굴뚝 아궁이에 불을 지펴서' 이불 하나에 오순도순 시린 발을 녹이며, 먹는 내기 화투를 치며, 겨울 양식으로 땅속에 묻어 놓은 고구마를 서리해다 쪄서, 김이 모락모락 나는 고구마를 서로 먹으라고 떠밀던 그런 인심이었는데, 지금은 인심과 정으로 풀 사소한 문제조차도 법대로 하자며 송사문제로 죽기 아니면 살기로 각박해졌다. 심지어는 형제자매도 작은 이권 때문에 남남이 된 경우를 본다. 참으로 안타까운 일이 아닐 수 없다. 경제 문화가 사람을 탈바꿈시켰다.

밀려드는 관광객, 안타까운 현실

지금 우도는 밀려드는 관광객으로 북새통이다. 6.05k㎡ 183만여 평 남짓 섬엔, 대형 도항선이 여덟 척, 자동차가 오백여 대, 이륜차 삼백여 대, 스쿠터 삼백여 대, 자전거 육백여 대로 북새통이다. 교통마비는 이루 말할

도항선에서 내리는 관광객들

수 없다. 우후죽순 생기는 게 식당이고 커피 전문점으로 백여 곳이 넘는다. 경치 좋은 해안가마다 흉물스럽고 흉측스러운 건물과 시설물들이 들어서고 있다. 게다가 하루가 멀다 하고 나는 교통사고로 우도 사람들의 직간접적인 생활의 불편과 손실은 말이 아니다.

풍랑주의보 때는 도항선이 끊기고, 식당마다 문을 닫아 지역 주민들은 안중에도 없다. 그 옛날 사람 냄새가, 이젠 돈 냄새로 변했다 해도 과언이 아니다. 박힌 돌이 굴러온 돌에 내쳐지는 격이다. 낯선 난뎃사람들은 정서와 문화는 아랑곳하지 않고 돈이면 못할 짓 없다는 형국이다. 세끼 먹고 사는데 걱정이 없음에도 '왜 우리만 이리 사느냐'며 덩달아 토박이들도 돈이면 됐다는 식이니 안타까운 현실이다. 인심은 낯선 인심이 된 지 오래다. 고향을 지키고 향토의 문화를 소중하게 여겨야 할 우리들이다.

로마에 가면 로마법을 따르라

우도에 땅을 사고 정착하는 사람들은 마을 사람의 일원으로 살겠다기보다 내 것 가지고 내 맘대로 하는데 무슨 상관이냐. 도시생활과 타성에 길들여진 문화적 차이로, 마을 사람들과의 갈등이 있을 경우 툭하면 법으로 해결하자는 태도는, 지역 주민의 일원으론 동참하지 않겠다는 격이다. 돈 있으니 익명으로 살겠다는 것과 다를 바 없다. 근래에 들어서 얼마 되지 않는 거리의 이웃임에도 서로 모르고 지내는 사람들이 많다. 우도 사람이라면 어느 집이 누구네 집인지는 물론이고, 기본적인 가정사며 가족 관계는 알고 지내려고 해야 함에도 소통하지 않으려 한다. 우도에 정착한 지 수년 됐다면서 소통하지 못하는 것은 지역 정서와 문화가 내 취향이 아니라 하는 격이다. 우월감 때문에 접근을 막고 있는 건 아닌지 생각해 볼 일이다.

섬사람들의 배타성만 탓할 것은 아니다. '로마에 가면 로마법을 따르라'는 격언처럼 긍지와 자존감 하나로 지탱해 온 섬마을 관습을 헤아리고, 마을 구성원으로 더불어 살아가려고 노력해야 할 것이다. 이웃에 일이 생기면 찾아가 같이 기뻐하고 위로할 때, 우도 사람으로 거듭난다. 필요할 때만이 아니라 평소에도 마음을 열고 가까이해야 할 것이다. 깊이 박힌 나무도 옮겨 심으면 그 환경에 적응해야 살아남듯. 하물며 사고를 가진 인간이기에 누구를 탓할 사안은 아닌 듯싶다. 살아온 환경과 문화가 다른데, 경제적인 논리로만 접근하면 오히려 더 거리를 멀게 하는 것이다. 한평생 정과 인심으로 뿌리 깊게 대를 잇고 섬만을 지켜온 우도사람들이다. 어렵고 힘들고 없이 살아도 더불어 살기위해 욕심 부리지 않고 살아온 순박한 우도사람들이었다. 도시에서는 콘크리트 벽을 가리고 살지만, 우도 사람들은 뻥 뚫린 돌담 구멍으로 바람이 소통하듯 살아왔다. 무슨 일이 있으면 한밤중이라도 문을 열고 들어가 서로 의논하던 우도 사람들이었다.

개발과 보존의 갈등

태곳적부터 도로로만 알고 다녔던 길인데, 어느 날 갑자기 공부상 내

땅이라며 획을 긋고, 담을 헐고, 돌담을 쌓고, 내 영역이라고 금줄을 치고, 심지어는 조상의 묘까지 파내라 하고 있으니 안타깝다. 말로는 자연이 좋고 풍광이 아름답다 하면서, 밭담을 헐고, 도로를 파헤치고, 돌 동산을 부수고 건물을 짓고 있다. 인심은 말할 수 없이 흉흉해지고, 좋다는 자연 풍광은 시설물에 가려 삭막하다 못해 흉물이다. 인위적으로 발생하는 생물학적 피해는 나 몰라라 하니, 우도의 자연과 인심에 더불어 살겠다는 마음은 아닌 것 같아 보이는 것은 나만의 시선인가? 당장이라도 만족할 만한 돈이라면 팔고 떠날 사람같이 보이는 것은 왜일까? 우직하게 선조들에게 물려받은 유산 지킴은 돈 몇 푼에 닭 쫓던 개 지붕 쳐다보는 격이니, 참으로 통탄할 일이다. 법이 있어 막지 못하는 현실은, 개발과 보존의 갈등에서 법의 현실을 곱씹게 한다.

우리가 후손에게 물려줄 것은 무엇인가?

동네 청소나 부역 등의 궂은일에는 타인으로, 자유와 권리는 이주민으로, 책임과 봉사는 외지인으로 살아가는 난뎃사람들…. 우도를 위해 무엇을 했으며 또한 무엇을 할 것인가는 스스로 판단할 일이다. 마을 구성원으로 소통이 어렵다면서 '육지것들'이란 소리는 거슬리는지, 그 옛날 '섬것들'이라 괄시 받던 시절이 눈물겹다.

선조에게 훼손되지 않은 자연을 물려받고 이 혜택을 누리고 있는 우리다. 우리가 후손에게 물려줄 자연은 무엇인가 고민할 때다.

2. 우도 해녀의 삶

"무사게?(왜?)", "어떵허난?(어째서?)", "부애나시냐?(화났냐?)",
"풀어불라게.(화 풀어라.)" 등등, 투박하고 억세지만 따뜻하고 훈훈하다.

테왁 망사리를 지고
돌담길을 따라
물질하러 가는 해녀들

바다에서 물질하는 해녀

물질

해녀의 물질은 바다의 자연적 조건과 싸우는 것이 아니라, 그 거친 환경의 두려움에 적응하며 바다가 베푸는 풍요를 거두는 과정이다. 바람과 물살이 그네들의 생활환경이다. 바람의 방향과 물살의 세기에 따라 순응하며 물질해야 한다. 자연에 거스르면 힘든 과정만 있을 뿐이나, 순응하면 수확의 기쁨을 맛보게 된다.

물질은 해산물을 채취하고 잡는 물질과, 장소와 거리에 따른 물질로 구분할 수 있다.

해산물의 시기에 따라⋯ 헛물질, 조문물질

해산물의 시기에 따라 하는 물질은 다시 두 가지로 구분된다. 그 하나는 '헛물질'이요, 다른 하나는 '조문물질'이다.

'헛물질'은 일상적인 물질로 주로 패류 작업을 말한다. 바닷속 바위나 '머들돌무더기', '엉덕바닷 속 기슭 얕은 굴'에 사는 전복이나 소라, 오분자기 따위를 찾아내 따야 하는 작업이기에 빈손일 때가 있어 이를 '헛물질'이라 부른다.

'ᄌ문물질'은 해산물이 상품이 될 때까지 일정 기간 채취를 금했던 것을 풀어 합의된 날짜에 캐기 시작하는 물질을 말한다. 경계를 푼다는 뜻으로 '해경解警', 또는 채취를 허가하여 시작한다는 뜻으로 '허채許採'이다. 우도에선 'ᄌ문물질'을 '허채해경'물질이라고도 한다. 우도의 경우 패류 금채 기간은 4월 말부터이며, '허채해경물질'은 9월 중순 전후이다.

봄철 미역이나 우뭇가사리 'ᄌ문' 날은 초등학교에서도 물때에 맞춰 오전 수업만 하거나 조퇴를 허락했었다. 'ᄌ문물질' 작업이 안물아침일 때는 결석까지도 용인했다. 바다에서 일 년의 수확을 거두어들이는 시기라 도리가 없었다.

거리에 따라… 갓물질, 뱃물질, 난바르물질, 원정물질

해녀의 물질은 작업 장소와 거리에 따라 '갓물질', '뱃물질', '난바르물질', '원정물질'로 구분된다. '갓물질'은 바닷가에서 하는 물질이다. 수심이 깊지 않은 곳이어서 '틀팔이갓 배운 해녀'나 하군, 할망해녀들이 주로 하는 작업장이다. 중·상군 해녀들도 겨울은 '갓물질'을 한다. 미역, 우뭇가사리 어장이어서, 물이 써는 'ᄌ문' 날은 남녀노소 '갯가 장날' 풍경이라 해도 과언이 아니다. 물질을 못하는 뭍에서 갓 시집온 새색시들은 '눈질레기'로 해초를 캐고 맨다. '눈질레기'란 물이 팔 길이보다 깊은 곳에서 물안

외대박이 돛단배로 뱃물질 가는 모습

경 쓰고 물속 밑바닥 해산물을 캐고 잡는 작업을 말한다. '눈질레기' 작업은 헤엄을 치지 못하는 사람들 몫이다. '뱃물질'은 배를 타고 먼바다에서 물속의 '여'를 찾아 하는 작업을 말한다. 물때와 시간을 맞춰야 하기 때문에 배를 타고 간다. 멀리 나가서 하는 물질이라 중·상군 해녀 십여 명 이상이 무리로 가서 작업을 하고 돌아온다. '난바르물질'은 '뱃물질'과 같은데, 다른 점은 몇 날 며칠 배에서 숙식을 하며 작업 장소를 이동해 가며하는 물질로 '원양물질'이다. '원정물질'은 '출가出稼물질'이다. 다른 지방에 가서 일정 기간 정착하고 하는 물질이다.

십대 중반이 되면

십대 중반 나이가 되면 테왁망사리에 몸을 싣고 본격적인 물질 작업에 나선다. 여자 팔자 뒤웅박 팔자로 거듭난다. 가정 경제에 일익을 담당하기 위하여 '난바르물질'은 물론 육지로 출가물질을 떠나야 한다. 심지어는 해외에까지 나가기도 했다. 한반도 어촌 마을 곳곳에 제주 해녀가 없는 곳이 없을 정도다.

1950년대부터 70~80년대까지 제주의 주된 소득은 해녀의 물질 작업이었다. 그들이 벌어들인 것으로 가정을 꾸리는 가정 경제의 축이었다. 당시 주 해산물은 이른 봄에 미역이 대부분이었고 미역 물질이 끝나면 육지로 출가물질을 떠났다.

노예나 다름없는 출가出稼물질

출가물질은 그곳 전주錢主들이 겨울에 선급금을 주고 제주 해녀를 모집하는 데서부터 시작된다. 미역 물질이 끝나면 출가물질에 나서는데, 출가물질은 노예나 다름이 없다. 바닷물 상황이나 주기적인 생리도 아랑곳하지 않고 물때에만 맞춰 물질을 시키고, 캐낸 해산물은 3:7 또는 4:6 비율로 분배하니 노예나 마찬가지다. 아무것도 모르는 나이 든 해녀들은 사람에 속고, 저울에 속고, 물건 값에 속는다 한탄한다.

물때가 좋을 때는 하루 두세 차례 고생스러운 작업을 할 때가 다반사지만, 출가물질은 목돈을 마련할 수 있어 가족이 한겨울을 나는 데 걱정을 더는 것으로 위안을 삼았다. 그 당시 우도에선 딸 많은 집이 부자였다. 동생들 학비는 물론, 세끼 걱정은 없었으니 말이다. 요즘도 출가물질을 다니는 해녀들이 있다. 요즘은 스쿠버 장비를 지고 더 위험한 물질을 하고 있다. 물건도 예전 같지 않아 몸도 더 고단하다.

출가물질은 이른 봄3~4월에 출가出稼해서 추석 전후 겨울 추위가 닥치기 전까지 작업을 했다. 대부분 추석이 가까워져서 귀향하는 것은 추석 차례 준비나 가족들 명절 옷을 마련하기 위해서다. 명절 옷 마련은 출가물질을 마치고 돌아오는 어머니나 누나 몫이었기 때문이다. 추석 전에 귀향하지 못하는 해녀들은 귀향하는 해녀 편에 옷을 보내 왔다.

물질 마치고 뭍으로 나는 해녀들

언 몸에 울긋불긋 살꽃이 피고

당시 해녀들의 작업 물옷은 사실상 맨살이나 다름이 없었다. 노출된 여린 살갗을 가리기 위한 방편일 뿐이다. 겨울철 삭풍에 작업을 마치고 물에서 나오면 오히려 물에 젖은 물옷이 몸에 바짝 달라붙어서 살갗을 찢는 감각마저 마비되곤 했다고 한다. 견디기 힘든 추위에 해녀들은 손발이 곱고, 입술은 파랗고, 아래턱이 덜덜거려 말을 제대로 할 수 없다.

갓 물에서 나와 '뚜데기^{누비어 만든 방한용 포대기}'나 '물체^{누비어 만든 방한용 윗옷}'로 추위를 막고 '불턱^{옷을 갈아입거나 물질하고 나와 언 몸을 녹이기 위하여 불을 쬐는 곳}'에 앉아 불을 쬘 때면 언 몸에 울긋불긋 '살꽃'이 피기도 한다.

해녀 기량에 따라… 하군, 중군, 상군, 대상군

해녀들의 물질은 무리를 이뤄 집단으로 이루어진다. 위험한 바닷물 속 작업이라 언제 어떤 상황이 있을지 모르기 때문이다. 군단의 기준은 수심과 기량이다. 그 기량에 따라 군단을 '하군^{하줌수, 똥군}', '중군', '상군', '대상군'으로 구분한다. '상군'에 이르면 15m 이상의 깊은 물속 작업이 가능한 해녀다. '대상군'은 몇 명 안 된다. 오랜 경험으로 물속 지형지물, 수심, 물살의 세기, 조류의 방향, 해산물의 분포와 종류, 정조^{停潮}의 작업 시간, 채취 시기를 결정하는 해녀 군단의 리더다. 같은 군^{상·중·하군} 단위의 또래라도 '거우쟁이'와 '야가지'가 길면 유리하다. '거우쟁이'란 다리의 길이를 말한다. 육상에서 보폭이 넓은 것과 같다. '야가지'란 목을 뜻하는데, 목이 길면 대체로 물숨도 길다고 한다.

물질 기량이 떨어지는 곧 배워 물질을 하는 어린 해녀와 나이가 든 '하군'이나 늙은 해녀들의 작업 텃밭에는 '중·상군'들은 함부로 들어가 작업하지 않는다. 속칭 '애기바당^{아기 바다}'이나 '할망바당^{할머니 바다}'에서 어쩌다 해산물을 캐게 되면 가까이 있는 '하군'의 '망사리'에 넣어주고 먼바다로 나가곤 한다. 이를 '게석 또는 게숙'이라 한다. 해녀들 세계에서만 볼 수 있는 질서요, 미덕이다.

비가 오나 눈이 오나… 골병이 깊다

물질에 따른 물옷도 계절마다 다르다. 여름에는 얇은 고무 옷, 겨울에는 두꺼운 고무 옷이다. 작업 도구도 어떤 해산물을 잡느냐에 따라 테왁 망사리 크기도 다르다. 호미와 '빗창'은 기본적인 필수 작업 도구다.

물질은 비가 오나 눈이 오나 바람이 부는 날에도 한다. 고무 잠수복을 입기 시작하면서는 짧게는 네댓 시간, 길게는 일고여덟 시간 이상 작업하기도 한다. 고무 옷이 지니는 일장일단이다. 이로 인해 해녀들은 습관적인 영양제 투여를 비롯하여 두통약, 위장약, 진통제를 달고 산다. 십상팔구 관절염, 골다공증, 난청으로 직업병이나 다름이 없는 골병이 깊다. 특히나 해녀들의 '난청'은 수압으로 인하여 심각한 상태다. 어지간한 말소리는 알아듣지 못하고 큰 소리로 해야 겨우 알아듣는다. 위장병도 심각하기는 마찬가지다. 물 한 모금 먹지 않고 열 시간 가까이 바다에서 허기진 배를 움켜잡아야 한다.

그 옛날 먹을 것이 없을 때는 해녀들은 여름을 나기 위하여 겨울철에 닭, 인삼, 조청, 엿을 먹는 것으로 몸보신을 하였다. 때론 달걀 삶은 것으로 대신하기도 했다. 지금은 먹는 보양식도 보양식이지만, 체력의 한계를 견디다 못해 습관적으로 약물 투여로 체력을 유지하기도 한다.

험난한 작업 여건

가끔 물질 중 익사체로 발견 또는 실종, 상어의 피습, 어선이 쳐놓은 어구에 걸려 물숨을 먹고 목숨을 잃는다는 소식을 접할 때는 가슴이 철렁하고 맥이 빠지곤 한다. 겨울 물질 시에는 예상하지 못한 날씨와 갑작스러운 눈보라에 뭍으로 붙지를 못하고 바람 따라 물결 따라 망망대해로 흐르다 구사일생으로 살아나기도 한다.

날이 갈수록 해산물도 줄어들고 있으니 벌이가 좋을 리 없다. 저승에서 돈 벌어 이승에서 쓰는 해녀, 하루 몇천 원 벌이가 다반사다. 그러나 어려운 물질 환경이 이어지지 못하고 세월의 저편으로 사라질 위기에 있으니 또한 아쉽다.

불턱

해녀 문화는 '불턱 문화'다. '불턱'은 해녀들이 물질 작업을 마치고 뭍으로 나는 가까운 곳에 위치한다. 갯가 언덕 밑이나 바위를 의지 삼아 세찬 바람을 막고 양지바른 곳에 대여섯 평 남짓한 장소로, 어른의 어깨 높이만큼 원형의 겹담을 쌓고 밖에서 안이 보이지 않게 좁은 출입구를 낸 공간이 '불턱'이다.

몸을 씻을 담수는 없지만 하늘을 지붕 삼고, 불턱 연기를 이불 삼는 해녀들만의 영역이다. 집에서 가지고 온 소지품을 놓아두는 곳, 물질 작업을 마치고 나와 옷을 갈아입는 곳, '물체'나 '뚜데기'를 어깨에 덮고 불을 쬐며 언 몸을 녹이는 곳이다. 불을 쬐는 장소라 해서 '불턱'이다.

옹기종기 모여 앉아 불을 쬐며

집을 나설 때 '질구덕_{큰 대바구니}'에 담아 지고 온 '지들커_{땔감, 우도에는 나무가 귀해 주로 짚을 이용했다}'와 해풍에 떠밀려온 나무, 바싹 마른 감태와 듬북을 주워

불을 피워 언 몸을 녹였다.

옹기종기 모여 앉아 불을 쬐며 그 날의 작업 성과와 간밤에 있었던 일들로 수다를 풀어놓는다. 동네 모든 소문을 생산하는 곳이기도 하다. 시름과 한을 불사르며 웃고 우는 애환의 장소다. '불턱'에서 휴식과 지식을 채우고 잡담 속에서 여러 가지 정보를 얻고 바다의 작황과 전망 등도 귀담아 들으면서 산지식을 쌓기도 하고 삶의 지혜도 얻는다. 애기해녀들에겐, 그날의 물때와 물 흐름의 방향을 가르쳐주기도 하고, 어디에 가면 어떤 해산물이 있다는 작업 장소를 알려주는 교육이 장이기도 하다.

불턱의 위계질서

물질 영역을 벗어나거나 금채된 물건이나 상품이 덜된 해산물을 잡은 문제로 성토의 장이 되기도 한다. 이런 때면 왁자한 소리로 '불턱'이 요란하다. '불턱'은 집회와 의사 결정이 내려지는 회의장이다. 그렇다고 기록이 있는 것도 아니다. 물때에 쫓기기 때문에 불턱 대화는 단순하고 짧다. 해녀들의 모든 문제는 이 '불턱'에서 해결한다. 위계질서도 엄격하다. '대상군'과 '상군', '중군', '하군' 사이에는 질서가 존재한다. '하군'들은 '대상군'을 깍듯하게 예우한다. 예컨대, '대상군'의 불 쬐는 자리는 연기가 덜 가는 곳으로 하는 예우의 질서가 있다. 해녀들이 많을 때는 '상군들'이 쬐는 모닥불과 하군들이 쬐는 모닥불을 달리한다. 모닥불을 피우는 장소에 따라 '상·중·하 불턱'으로 나뉘어 구분한다.

위 _ 불턱
아래 _ 야외 불턱에서 소중이를 입은 해녀들이 불을 쬐고 있다

2. 우도 해녀의 삶

물질에 문제가 생기면 '대상군'이 질서를 잡는다. 날씨에 따라 물질 여부도 '대상군'의 판단에 의해 결정된다. 요즘은 '틀팔이_{갓 물질을 배우는 해녀}'는 없고 나이 드신 해녀들의 입장을 많이 고려한다. 원로 해녀들 예우의 한 단면이다. 바다 공동체 생활의 질서 유지는 생명과 직결되어 있어서 '불턱'에서의 엄격한 질서이며 관습이다. 찬성이나 반대, 이의도 제기하지 않고 따른다.

이제 불턱은 추억 속으로

이 '불턱'도 시대 변화에 따라 사라졌으니 아쉬울 따름이다. '해녀의 집'이라는 '해녀탈의장'이 현대식 건물로 들어섰고 보일러와 샤워 시설이 완비되어 있고 위계질서도 평준화돼서 안락한 휴식 공간으로 탈바꿈했다. 70년대 이전 '불턱'의 정경은 한갓 추억 속의 모습으로만 남아 있다.

작업 도구를 챙기고 테왁망사리를 어깨에 메고 '불턱'을 나서는 마음 누가 장담하랴? 테왁에 몸 싣고 세찬 바람과 높게 굽이치는 물마루를 넘으며 망망대해로 나가며 흥얼거리는 한탄의 소리는 가냘프고 애잔하게 들린다.

우리 부모 날 낳을 적에
해도 달도 없을 적에
나를 낳아 놓았는가

어떤 사람 팔자 좋아…
어떤 사람 복도 좋아…
해녀 팔자 무슨 팔자
혼백상자 등에 지고
푸른 물속 오락가락
한 손에는 호미 들고
한 손에는 빗창 들고
내려갈 때 눈물이고
올라올 때 한숨이네
……

　절로 나는 즉흥적인 콧노래와 더불어 '불턱'에서 풀어내던 한의 소리를 찾아내려는 노력이 절실한 때다.

물숨

숨을 쉬어야 사는 건 동물이나 인간이나 마찬가지다. 인간이 생체는 같지만 살아가는 방법은 다 다르듯, 숨도 육체노동과 정신노동으로 나눌 수 있을 것 같다. 곧 육체노동은 가쁜 숨, 정신노동은 고른 숨을 쉴 것이다. 농민이나 공사 현장 근로자들의 헐떡이는 숨, 사무직 직장인들의 느슨한 숨, 운동선수의 순발력의 숨, 시험을 치르는 수험생들의 긴장된 숨, 환자들의 가쁜 숨, 해녀들의 참는 숨 등등 숨은 너무나 많다.

들숨과 날숨

해녀들이 쉬는 숨을 물숨이라고 한다. 그들은 숨을 쉬지 않는 무호흡상태에서 천 길 물속을 숨 가쁘게 들락거리며 삶을 일궈 생계를 꾸려나가는 생활인들이다. 그래서 그들을 '줌녀潛女', '줌수潛嫂'라 하는 것이다.

'물숨'엔 '들숨'과 '날숨'이 있다. 우리들의 생각처럼 공기를 들이마시고 내뱉는 게 아니라, 물속 무호흡 상태가 '기냐 짧으냐'의 뜻이 들어 있다.

'물숨'은 또한 '물건^{해산물}을 많이 잡았느냐, 적게 잡았느냐'에 따라 '날숨이냐, 들숨이냐' 한다. '물숨'이 길어서 해산물을 많이 잡는 날이면 '날숨', '물숨'이 짧아 해산물을 적게 잡는 날은 '들숨'이다.

물속에서 무호흡 상태를 견디는 것이 '물숨'의 힘이다. 오래 견디면 '물숨'이 나는 것이고, 그렇지 않으면 '물숨'이 나지 않으니 숨을 조이는 것이다. 숨 조임을 해녀들은 "숨 줍안 물숨 안 난다"라 한다. 그날 잡은 해산물의 양도 '물숨'이 나느냐 나지 않느냐에 달려 있다. '들숨'은 잘못하면 물을 먹는다는 뜻으로 "숨 먹는다" 하고, '날숨'은 숨이 난다는 말로 날숨이다. 예컨대, 바닷물 속에서 숨이 턱까지 차오르지 않았는데도 숨줍음^{숨 조임} 증상이면 '들숨,' 물속 숨이 턱까지 차오르는데도 물건^{해산물}이 보이면 순간적으로 나는 숨은 '날숨'이다. 들숨에는 숨을 가늠하고 '숨빔질'을 했는데 물속 밑바닥까지 가지 못하고 수면 위로 빨리 올라와야 한다. 그러지 않으면 물숨을 먹는다. 해녀들이 물숨 먹는다는 것은 곧 죽는다는 말이다. 기분 좋으면 '날숨'이고, 심기가 불편하면 '들숨'이다. 이런 현상은 해녀들의 심리적인 현상으로 그날의 기분에 좌우된다. 충분한 수면을 취하지 못했거나, 좋지 않은 일로 물질을 가면 물숨이 나지 않는다고 한다. 물속에서 집중이 되지 않는 날은 앞이 어지러워서 바로 앞에 있는 전복도 보이지 않는다. 때론 물숨까지 먹게 돼 위험한 상황으로 치닫게 된다. 물숨에서 위험에 처해 넋 나가면 물숨에서 달래야 한다는 해녀들. 물숨에 따라 그날의 바닷물 속 작업량이 '들순날술^{들쭉날쭉}'이다.

물숨이 길어야 작업 반경이 넓다

애기해녀들의 물숨 숙련

갓 물질을 배우는 애기해녀들의 물질 시작도 '물숨 숙련'에서 시작된다. '물숨'의 기술과 기량은 어느 한 순간에 되는 게 아니다. '컥'하고 숨이 목구멍에서 넘어가는 '복먹음^{물먹음}'의 위험한 과정은 '물숨'의 기량을 터득하게 한다. 원숙한 해녀로 거듭나는 데는 지식과 상식이 아닌, 얕은 바다에서 깊은 바다로 가기 위한 숙련의 과정을 거쳐야 한다. '홍탱이^{얕은 웅덩이}'에서 '눈질레기'로 '물숨'의 담금질 절차가 필요하다.

물숨은 컨디션과 기량에 따라

해녀들의 '물숨'은 그날 자신의 컨디션과 기량에 맞춰야 한다. '물숨이 길고 날숨이면 먹는' 것이고, '물숨이 짧고 들숨이면 굶는' 것이다. 해녀들의 '상군·중군·하군'의 단계도 '물숨의 힘'으로 나뉘는 이름이다. 해녀들이 '물숨'이 긴 해녀를 부러워하는 것도 소득과 직접적인 관련이 있어서다. '물숨'이 길면 아무래도 작업 반경이 넓다. 해녀들 얘기로는 '야가지^목'나 '거우쟁이^{다리}'가 길면 물질을 잘한다고 한다.

해녀들은 바닷물 속에서 숨이 턱에 닿아 '컥' 하고 숨넘어가는 소리가 들리면 사는 것이고 그렇지 않으면 죽는 것이다. 해녀의 '숨비소리'가 제각각인 것도 숨이 턱까지 얼마나 차오르느냐에 따라 그 소리가 다르기 때문이다. 물 위로 솟구치며 아랫입술을 빨아들여 '컥'하고 내뱉는 한^恨의 소리, "어~엉 호잇", "으~엉~호이잇" 애잔한 소리다. '숨비소리, 날숨, 들숨, 물숨 먹다^{복먹다}, 물숨 참다, 물숨 길다, 물숨 짧다…'. 사라져 가는 해녀들의 '물숨'이다.

불턱 대화

　해녀들만의 대화가 있다. 가정사 스트레스도 해녀들끼리는 빨리 푼다. 해녀가 아닌 다른 사람들과 이야기는 단답형이다. 전문가 집단들이 모이면 그 전문적인 내용이 화두가 되듯, 해녀들도 마찬가지다. 모르는 사람들은 신기하다 여기고 멍하게 쳐다본다. 관광객들은 말도 알아듣지 못하고 타국의 원주민들을 바라보듯 쳐다본다. '불턱^{탈의장}'에서 하는 이야기는 누가 누구에게 하는 말인지 모른다. 말싸움하는 줄 안다. 대부분이 60~70대의 할망^{할머니} 좀녀들이다. 소상하게 전후 이야기를 하지도 않지만 듣지도 않는다. 악의 없는 이야기들이다. 논리적 설명은 머리가 어지럽다 한다. 해녀들만의 대화법이다. 이 대화를 나는 '불턱 대화'라 부른다. '불턱 대화'는 시간적 여유가 없다. 한가하게 앉아서 하는 대화가 아니다.

불턱 대화법, 거두절미

　생각해 보면 어렸을 적부터 '불턱'에서 보고 듣고 말하는 공동체로 살아온 물림이다. '불턱'의 환경은 트인 공간에 세찬 바람소리와 파도소리, 여자들의 소리로 왁자지껄하다. 톤이 높아야 알아듣는다. 깊은 바닷물 속

수압으로 대부분 청각이 약한 편이다. 제주 사람들의 말소리가 큰 것도 자연환경도 그러하지만 해녀인 가족들과의 소통에서 길들여진 것이라 해도 틀린 말은 아닐 것이다.

'불턱 대화'는 목소리가 크다. 거두절미하는 대화법이다. 주제나 차례도 없다. 네 말이나 내 말이 옳다 그르다 우기지도 않는다. 남의 말을 듣기보다 자신의 말을 먼저 해야 속이 후련해 한다. 들은 말든 상관없다. 하나의 스트레스 해소 방법이다. 수십여 년을 그렇게 살아왔다. '불턱'에서 일어났던 일은 '불턱' 밖에 전해져서는 절대 안 된다. 다수의 행동에 거역하지 않는다.

틀 귀, 막을 귀

상대의 말에 끼어들기 달인이다. "그거 아니라, 게매이글쎄." 하면서 자기 이야기가 아닌데도 참견한다. 메모할 수 있는 여건도 아니고, 차례를 기다리다가는 할 말을 잊고 못한다고 한다. 바람 불고 추운데 테왁망사리를 들고 나긋나긋 말이 나오겠느냐는 것이다. 말이라도 억세지 않고는 살아남기 어렵단다. 미련해 보이기 싫다. 할 이야기 다 하고, 들을 이야기 다 듣는 것이다. 거스르는 이야기에는 참지 못하는 성미들이다. 사과하지도 않지만 조금 지나면 해소된다. 이것이 '틀 귀, 막을 귀'라는 해녀들의 소통법이다. 나는 이 대화법 때문에 지금도 아내와 티격태격한다. 해녀 리더는 소리가 크지 않으면 안 된다는 논리다.

일반인들은 '뭐 이런 대화가 다 있어' 할지 모른다. 교양이나 지식과 학식, 인문학적 소양의 이론적 논리를 가지고 비교할 사안은 아니다. 해녀들만이 소통하는 영역이다. 인내의 한계, 바닷물 속 작업 환경, 해녀들의 말과 말투, 격랑의 자연에 적응하여 살아온 그들만의 방식이다. "무사게? 왜?", "어떵허난? 어째서?", "부애나시냐? 화났냐?", "풀어불라게. 화 풀어라." 등등, 투박하고 억세지만 따뜻하고 훈훈하다. 불턱 수다의 맛을 알기 때문에 할망 해녀들이 나이가 들어도 쉬 물질을 포기하지 못하는 것이다.

"언니" 하며 찾아와서는… 푸념과 하소연

어느 날 "언니" 하며 찾아온 해녀는 50대 초반, 아내는 60대 초반이었다. 아내는 마루에 있었다. 특별히 볼일이 있어서 온 것도 아니다. 평소에 오가는 이웃이다. 한 시간, 두 시간…, 이야기는 끝이 없었다. 마음속 스트레스를 해소하기 위한 것임을 짐작할 수 있었다. 오래 전 이야기에서부터 최근 이야기까지 결론이 없는 수다였다. 밤 한 시가 넘어서야 일어서며 아쉬운 말투다. 못 다한 이야기는 다음에 하자며 일어선다. 소요시간은 네 시간이 넘었다. 차 한 잔, 물 한 모금 목축임도 없이, 주거니 받거니, 끼어들거니 막거니, 대화라기보다 푸념과 하소연이었다. 마음에 응어리를 풀어냈다. 나는 놀랐다. 해녀들이기에 가능하다. 소곤대다, 강하고 약하게, 애처롭고 슬프게, 때로는 목울대를 울리는 소리도 들렸다. 대단한 성우들의 연기였다.

물거리 상거리

어떤 일이나 직업엔 그들끼리만 통용되는 공통된 용어가 있듯, 해녀들도 해녀들끼리만 소통하는 말이 있다. '물거리 상거리'란 어휘도 그 한 예다.

물거리 상거리 하다 보니

날이 갈수록 어렵고 힘들어지는 물질, 요즘 들어 작업을 마치고 물을 나면서 자주 쓰는 것 같다. 해산물이 풍성할 땐 잘 쓰지 않았던 말이다. 물질하다 뭍에 나와 물에 흠뻑 젖은 '테왁망사리'를 어깨에 메며, 다른 사람의 망사리를 엿보며 하는 말이다. 잡은 해산물 소득에 대한 결과를 표현하는 말이다. '물거리 상거리' 하다 보니 이만큼 소득이 됐다는 뜻으로, '물거리'는 자맥질해서 빈손일 때를 말하는 것이고 '상거리'는 빈손이 아닐 때를 말하는 것인데, 뜻은 상반된 두 낱말이지만, 말할 때는 한 어휘로 쓴다. 포기하지 않고 작업하다 보면 빈손일 때도 있고, 수확이 기쁨일 때

물질 마치고 나온 해녀

도 있다는 뜻이다. '티끌 모아 태산'이란 말과 비교된다. 예컨대, 처음엔 작업이 시원치 않아 걱정스러웠는데, "머들에선 물거리, 엿 동산에선 상거리했다. '돌무더기'에선 잡지 못하고, '여'에선 좀 잡았다." 식으로 표현한다.

'물거리 상거리'처럼 두 낱말을 한 어휘로 표현하는 말이 '위알진물'이다. '윗물'이 따뜻하고 '아랫물'이 차다는 뜻으로, '윗물 아랫물'을 줄인 말인 듯하다. 특히 겨울 물질에 이런 현상이 있어 '위알진 물질했쪄' 하고 두 낱말이지만 합성어로 표현한다.

내려갈 땐 한 빛, 올라올 땐 천층만층구만층

요즘 해녀들의 소득은 노력에 비해 형편없이 빈약하다. 숱한 숨빔질에도 소라, 전복, 문어, 해삼, 성게, 오분자기가 흔치 않다는 것이다. '헛물질'이란 말이 실감되듯 빈손일 때가 많다 한다. 종전엔 '물거리 상거리' 하다 보면 이따금 귀하게 보이던 전복은, 이젠 그 생김새조차 잊을 지경이라고 한다. 자원이 없을수록 같은 작업 시간임에도 많이 잡는 사람, 적게 잡는 사람의 차이는 천차만별이다. 오죽하면 '내려갈 땐 한 빛, 올라올 땐 천층만층구만층'이라 했겠는가. 물속으로 내려갈 때는 같이 들어갔는데, 수면 위로 올라오면 손에 잡고 오는 것은 각양각색이란 뜻이니, 해녀들의 기량과 능력을 가늠하게 하는 말이다.

해녀들의 '불턱 수다'는 대부분 고단한 애환의 소리다. 해녀는 변화무쌍한 바닷물 속에서 숨을 멈추고 순간의 판단에 의해 삶을 캐는 사람들

이니, '불턱 수다' 또한 물질 현장을 되뇔 수밖에 없다. 그들만이 소통하
는 속정 깊은 말들로, 수확의 기쁨을 맛볼 때는 고단함을 잠시 잊고 보람
을 찾는다. 나이 들어 물질에 겸손해지고 불턱을 못 잊어 하는 해녀들이
다. '물거리 상거리.' 오늘도 무사함에 고맙다.

머정

'머정'은 '재수나 운'이란 뜻의 제주 사투리다. 해녀들의 머정은 좀 다르다. "머정 있저, 머정 떨어졌저." 해녀들이나 뱃사람들이 가장 많이 쓰는 말이다.

일상적으로 일이 잘되고 안 됨을 '운 좋다, 재수 좋다, 운이 따르지 않는다, 재수 없다.'라 표현한다. 오죽하면 '운칠기삼運七技三'이라 했겠는가. 사람에게 운이란 어떤 의미일까. 하는 일마다 잘되는 사람이 있는가 하면, 재능과 능력이 탁월함에도 일이 꼬여서 잘 안 되는 사람도 있다. 이럴 때 운 탓으로 돌린다. 운은 하늘이 준다 했던가. '안 되는 사람은 뒤로 넘어져도 코가 깨진다.'는 말이 오죽한 말인가. 잘되면 내 탓, 안 되면 조상 탓이란 말로 운을 탓하게 된다.

머정 있다, 머정 떨어진다
해녀들은 한두 번 겪는 일은 단지 운이나 재수가 좋고 나쁜 것으로 생각한다. 즉, 순간의 의미로 사용한다. 예컨대 못 잡던 전복이라도 트는 날엔 전복에 입을 맞추고 퉤퉤하며 침 뱉는 시늉으로 답례를 한다. 이럴 땐 '머정'이 있어서가 아니고, 운 또는 재수가 좋아서다. '머정'하고는 좀 다르다. 두 낱말의 차이는 지속적이냐 아니냐 하는 차이인 것 같다. 통상적으로 남달리 전복을 자주 잡거나 물건을 많이 캐는 해녀를 '머정 있다'고 한다. 같은 여건과 환경에서 평균적으로 해산물을 많이 잡고 못 잡는 차이다. 상군은 상군끼리, 중군은 중군끼리, 하군은 하군끼리 같은 무리들 중 낫게 잡는 사람을 '머정 있다'고 한다. 해녀들은 '머정' 있는 동료를 부러워한다.

'머정 떨어진다'는 말은, 기량이 좋고 탁월했던 해녀가 해산물을 잡는 양이 종전만 못한 횟수가 많아질 때 쓴다. '머정 떨어지면' 바닷물 속에서 잘 보였던 소라나 전복도 잘 보이지 않는다. 물질을 잘하는 상군 해녀들에게 더욱 심한 편이다. 전성기에서 쇠락기로 건너가는 순간이다. 나이가 들어 몸이라도 앓고 나면 그 정도는 더 심해진다. 그럴 때 "그 머정 다 어디 가시니?" 하고 한탄한다. 해녀들에게 떨어지는 '머정'을 회복하기란 쉽지 않다.

사람이나 물건이나 머정이 있어야

해녀들의 작업 도구에도 '머정' 있는 도구가 있는가 하면 '머정' 없는 것도 있다. 볼품없고 '몽글아도^{닳아 모지라져도}' '머정' 있는 도구는 해산물을 잡을 때도 상처도 덜 나게 하고 해산물을 놓치는 실수도 적다. 손에 길들여지고 새것이라도 '머정' 없는 도구는 전복에나 다른 해산물에 상처를 내고 잡다 놓치는 일이 있다. 촌각을 다투는 바닷물 속 해녀들에겐, 작업 도구의 '머정'은 목숨과 같은 것이다. '머정' 있는 '굴각지호미', '머정' 있는 '중게호미물낫', '머정' 있는 '까꾸리갈퀴', '머정' 있는 '작살소살', '머정' 있는 '테왁망사리'……. 머정 떨어진다 해서 남에게 빌려주지도 않을 뿐더러 아무나 손대게 하지도 않는다.

해녀들은 작업 도구도 아무 때나 사지 않는다. '머정' 있는 날이 있다. 집에 장콩을 삶든가 된장 담글 때 좋은 날을 택하는 풍습과 별반 다를 게 없다.

뱃사람들도 배를 사거나 탈 때 '머정' 있는 배였나를 알아보고 사거나 탄다. 고기 잘 잡고 '머정' 있는 배는 웃돈을 주고 산다. 선주는 선원을 고용함에도 고기를 잘 잡는 '머정' 있는 사람을 많은 선불을 주고 고용한다. 사람이나 물건이나 '머정' 있어야 대우받는다.

새 작업 도구를 사 와 손질을 하며 '머정' 있으란 의미로 입을 맞춘다든가, 퉤퉤하고 침을 뱉고 속신俗信을 바라는 아내의 모습이 눈에 선하다.

운으로 살아가는 해녀

꿈을 믿고 민간신앙^{샤머니즘}을 신봉하는 해녀. 그들은 자신의 의지보다 믿음과 정성을 '용왕신龍王神'과 '영등신靈登神'의 뜻으로 알고 무사태평을 빌며 살아간다. 영등신은 바다의 풍년을, 용왕신은 바다에서의 무사안녕을 관장하는 신이다.

해녀의 아침 기상은 남다르다. 창문을 열어 작업 환경을 확인하고 작업할 수 있는 날이면 일터인 바다를 향해 묵시적으로 '오늘도 무사하고 스망 있는^{재수 좋은} 날이 되어 주십사' 하고 기원한다. 해녀들의 작업은 양이나 목표가 있는 것이 아니기 때문이다. 물때와 바다 날씨를 가늠하고 작업 장소를 머릿속에 그린다. 복잡한 마음을 정리한다. 꿈을 꿨다면 해몽도 나름대로 귀동냥으로 들었던 이야기와 맞춰본다.

찰나의 순간을 사는 해녀

해녀들에겐 위험하지 않은 순간은 없다. 귀신에게는 빌고 또 빌면 피할 수 있어도, 맞닥뜨린 순간의 운수는 피할 수 없다. 바닷물 속에서 숨을 참고 하는 작업은 서지도 앉지도 쉬지도 못한다. 잡다한 생각을 하거나 한눈팔다 위험에 처하면 속수무책으로 목숨을 잃을 수 있다. 이럴 때 대부분 묵시적으로 '아이고 어머니' 하고 부르지만 해녀들은 속신俗信에 운을 바란다. 얼마나 다급했으면 찰나의 순간을 산다 그랬을까. 운을 바라고 속신을 믿는 것도 이 때문이다. 운이 99이면 스스로 할 수 있는 능력은 1도 되지 않을 것이라 여긴다. 운으로 죽기도 하고 살기도 한다는 말이다. 나쁜 운이 닥치지 않게 비는 것이다.

무사안녕과 풍년을 기원하던 굿

의학과 과학이 발달되지 않았을 때, 해녀들은 액을 막고 가정의 무사안녕과 풍년을 기원하는 굿에 의존했다. 굿도 여신의 굿으로 이월바람영등할머니의 영등굿, 부정 탄 갯가를 씻는 굿, 병을 고치는 굿 등 그 종류도 다양했다. 아파도 굿을 했었다. 섬에서 아프면 병원 가기가 용이하지 않았을 때, 건강마저도 신의 뜻이라 여기고 살았던 해녀들이다. 요즘도 할망해녀들은 아프면 동티가 아닌가 하고 집안을 살핀다. 신이 노할 물건을 건드리거나 들어오고 나간 게 없나 하고 말이다.

지紙드림 - 요왕지, 조상지, 몸지

해녀들은 정성껏 음식을 마련해서 주기적으로 당堂을 찾는다. 극성스러

위 _ 포구마다 있는 당에서 바닷일의 무사안녕을 빈다
아래 _ 지(紙)드림

운 집안에서는 올안 집 뒤에 신을 모시기도 한다. 공양물이라면 받아줄 것이란 믿음으로 명절이나 제사를 지내고 나면 정성껏 아이 주먹 크기의 주먹밥이나 쌀을 창호지에 싸서 바다에 던지며 빈다. 이를 '지紙드림'이라 한다. 지는 세 종류다. '요왕지'가 첫 번째이고, 두 번째는 죽은 조상의 혼을 위로하는 '조상지', 그리고 마지막은 자신의 무사와 건강을 위한 '몸지'다. 바다에서 돌아간 신위에게 도와 달라며 넋을 위로한다. 지성이면 감천이란 말을 신봉하는 해녀들이다.

실수를 용납 않는 바다, 생과 사를 넘나드는 물질

간밤에 꿈자리가 찜찜하든가, 작업 나설 때 재수 없는 일을 맞닥뜨리면 조심하게 된다. 때론 작업을 포기하기도 한다. 작업하면서 정신이 흐트러져 집중력을 잃게 될까 봐 가던 길을 망설이게도 된다. 요행이나 실수를 용납하지 않는 게 바다다. 생과 사를 넘나드는 물질이다.

길몽에 아침 기분이 상쾌한 날은 '물숨'도 나고 기분이 좋다. 다른 사람들보다 수확량이 많거나 생각지 않은 전복이라도 잡으면, 그제야 참았던 꿈 이야기를 하기도 하는 순박한 해녀들이다. 작업 전에 꿈 이야기를 않은 것은 해녀들은 재수 없을까 봐서이다. 그래서 아무에게도 꿈 이야기는 하지 않는다. 해녀 자신만의 믿음이다. 운이 좋은 날은 재수 좋은 날, 재수 없는 날은 망치는 날이다.

2. 우도 해녀의 삶

묘한 징크스

난데없이 운 좋은 날이 계속되어도 불안해한다. 해녀 사고의 묘한 징크스다. 같은 또래나 기량에 비해 특출하게 많은 물건을 잡거나 작업 시간이 길어도 주위에서 걱정한다. '물숨 난다' 해서 조금만 더, 한 번 더 '숨빔질'하다 사고가 난다. 물질은 욕심낼 게 아니라는 할망해녀들의 말을 곱씹어야 한다. "게매, 요새 난디어시 물건이영 하영 잡아라게. 체시가 둘앙가젠 허난 경했구나. 글쎄, 요사이 난데없이 물건일랑 많이 잡더라. 물귀신이 데려가려고 하니 그랬구나." 하며 슬퍼한다.

사람의 운을 어떻게 알랴마는, 가정사도 좋은 날을 택하듯 물질하는 데 안전하다면 이보다 더한 믿음과 정성도 마다하지 않을 해녀들이다. 팔자소관이려니 하면서도 꿈을 믿고 하루 일과를 시작하는 마음이 오죽할까. 아침이면 으레 아내의 심기를 헤아리게 되며, 테왁망사리를 짊어지고 집을 나서는 뒷모습에 절로 마음이 찡해진다.

해녀의 성깔

성깔 없는 사람이 있을까. 성격이 천성에 가깝다면 성깔은 후천적인 요소로, 투박하고 강한 이미지를 준다. 그렇다 보니 성깔은 삶의 환경에 따라 변하는 게 아닌가 싶다. 지역마다 말과 억양이 다르듯 어떠한 일을 오래 하다보면 자신도 모르게 하는 일에 맞춰지게 마련이니, 직업과 성깔은 서로 밀접한 관계가 있다 해도 과언이 아닐 것이다.

직업 특성에 따른 '성깔'

말과 행동의 빠르고 늦고, 급하고 차분함이 직업 특성에 따라 형성된 것이라면 고치기가 생각처럼 쉽지 않다. 보통 사람들도 맹탕 강짜 부리는 사람을 '저런 저런, 성깔머리 하고는' 하며 타박한다. 사람의 됨됨이도 성깔이 좋아야 대우받는다.

일에도 도움을 주는 사람과 이를 규제하는 사람의 태도가 다르듯, 아무래도 규제를 하는 사람은 어딘가 모르게 딱딱하고 까칠하게 느껴지고, 도움을 줄 사람은 말 한마디라도 부드럽게 느껴질 것이다. 농사꾼과 어부의 사례를 보더라도 그렇다. 농사꾼은 땅을 일구는 사람이고, 어부는 거친 바다에서 고기를 잡는 사람이다. 농부는 씨 뿌리고 거두기까지 기다림이 있으니 자연히 성질이 좀 느긋한 편이지만, 어부들은 민첩한 말과 행동이 생사의 갈림과 관련 있으니 소리도 크고 급하고 예민하다.

바다를 닮은 해녀 – 냉랭·도도·까탈 vs 온화·고요·다정

해녀도 일터인 바다를 빼닮았다. 바다 환경이 그렇듯, 해녀들의 성깔도 때론 종잡을 수 없고 때론 대쪽 같다. 온화하고 포근한 것 같으면서 냉랭하고, 잔잔하고 고요한 것 같지만 도도하다. 파도처럼 몰아칠 때는 이판사판이다. 거칠고 억세고 매몰차다가도 언제 그랬냐는 듯 정 많은 여자다. 남에게 굽실거리지 않고, 자신을 포장하지도 않는 개성이 강한 까탈스러운 성깔이다.

해녀들의 성깔은 그네들의 작업 환경과 별반 다르지 않다. 굽이치는 물마루에 포말처럼 생겼다 사라짐을 반복하는 물거품 같은 성깔, 순간의 상황에 직설적이고 다혈질적인 성깔, 한번 틀어지면 파도가 바위를 치듯 타협이 쉽지 않은 성깔, 화가 나면 자신의 감정을 추스르지 못해 자해라도 할 듯한 성깔, 변화무쌍하고 알 수 없는 열 길 바닷물 속과 비교되는 알쏭달쏭한 해녀들의 성깔이니 말이다.

빠르고, 분명하고, 강직한 해녀의 성깔

해녀들은 미적대지 않는다. 바닷물 속 작업은 미적거리다간 목숨을 잃는다. 저돌적이고 과감하지 않으면 목숨을 부지하기 어렵다. 생각을 오래 하지도 않을 뿐더러, 시작한 일은 멈추거나 돌아보지도 않는다. 판단과 결정, 행동도 순발력이 빨라야 한다. 잘잘못에 대한 판단도 주관적이며 긍정과 부정뿐인 성깔, 작업 중에는 도움을 주려고도 받으려고도 하지 않는 강직한 성깔이다. 촌각을 다투는 작업 환경에서 대를 이어 다져진 성향이라, 해녀가 아닌 사람들은 이해가 쉽지 않은 성깔머리다. 해녀들만의 독특한 성깔, 예상치 못한 아내의 성깔에 지금도 나는 긴장하며 티격태격한다.

신발과 오리발

신발은 사람의 몸을 싣고 걸어 다니는 것이고, 오리발은 해녀들을 태워 물살을 가르는 신이다. 고무신이나 검정 천운동화는 중학교 입학하면 교복 차림으로 학교 갈 때만 신고 다녔던 시절이 엊그제 같은데, 이젠 나들이 목적에 따라 신발이 여러 켤레이니 격세지감이다.

추억의 고무신

누가 뭐라고 해도 신발의 추억은 고무신이다. 하얀 고무신과 질긴 검정 타이어 고무신의 추억은 남달랐다. 특히 검정 타이어 고무신은 어른들의 작업용 신발이었다. 한때, 선거 때 한 표를 호소했던 신발이기도 했다. 신발의 크기를 cm가 아닌 '문1문은 약 2.4cm'으로 표시했다. 10문 또는 11문, 그 중간이면 '10문 반'이라 표기했다. 신에 발을 맞췄던 시절, 새 고무신에 대한 기쁨은 남달랐다. 발뒤꿈치에 생긴 물집으로 발이 아려도 길들여질 때까지 참아야 했다. 운동회 날 달리기를 할 때는 맨발에 고무신을 바통처럼 양손에 잡고 뛰었다. 신은 신을 새끼줄로 칭칭 동여매고 공을 차다가 신발이 벗겨지기라도 하면 신발이 공보다 높이 날아갔고 가끔 지붕 위에 떨어지기도 했다. 진땅을 걸을 때 신발이 흙에 달라붙어 벗겨지면 발가락 사이로 흙이 삐져나왔다. 신에 구멍이 생기면 기워 신었고, 헐어 못 신게 되면 뒤축을 잘라 슬리퍼를 대신했다. 하얀 고무신은 늙으신네나 여성의 한복 버선발에 잘 어울리는 신발이다.

해녀들의 오리발

오리발은 해녀들이 바다밭에서 삶을 일구기 위해, 발에 신고 물살을 가르는 도구다. 물신발인 셈이다. 뭍에서는 신고 활동할 수 없다. 오리발의 재질은 고무다. 크기는 만들어진 회사마다 조금씩 차이가 있고, 색상은 대개 검정색이나 파란색이다. 길이는 50~60cm 내외로 대·중·소로 표기

오리발

한다. 앞이 넓적하고 뒤는 발뒤꿈치 쪽에 가까워질수록 두텁고 오목하게 되어 있어서 신기 편리하게 만들어졌다. 그 모양이 오리발과 같이 생겼고, 물살을 가르는 데 용이하게 만들어졌다. 오리발을 신을 때는 두터운 양말을 두어 켤레 신어야 한다. 이는 오리발에 맞추기 위한 것이기도 하지만 딱딱한 고무 재질에 살갗에 생기는 상처를 예방하기 위해서다. 발이 들어가는 부위와 뒤축에 헝겊으로 꿰매기도 한다. 오리발은 물살을 가르는 데는 그만이지만 물속에서 줄에 걸리기라도 하는 날에는 속수무책이다.

꿰매고 꿰맨 양말

아내의 오리발에 신는 헐고 터진, 꿰매고 꿰맨 양말을 볼 때면 마음이 찡하다. 이따금 해녀 사고 시, 운명한 해녀의 속옷이나 양말의 남루한 모습에 마음이 찡하고 울컥해서다. 해녀 사고의 위험은 늘 도사려 있어서 잘못하면 스스로 입은 수의라는 생각이 내 마음을 심란하게 해서다. 그래서 고무 옷 속에 입는 옷이나 오리발 속에 신는 양말은 깨끗하고 값나가는 것으로 하라지만, 아내는 입고 신기 편하고 살갗만 보호되면 됐다면서 겉으로 보이는 게 아니라 상관없다 한다.

스펀지 옷이나 오리발이 나오기 전에는 힘은 들었지만 위험은 덜했다. 고무 옷이 나오면서 작업 시간도 더 길어졌다. 작업 도구의 발달은 해산물을 채취하고 잡는 데는 도움을 주지만, 늘 체력의 한계를 넘고 있으니 늘 긴장된 삶을 살고 있다. 맨발에 소중이^{속옷}의 해녀상이 머리를 스친다.

가슴 철렁하는 좀녀 사고 1

한낮인데 친구에게서 다급한 전화가 걸려 왔다. 친구 이름을 거명하며 그 부인이 물질 작업을 하다 사고를 당했다는 전화였다. 격양된 목소리이기는 하나 평소에 농담을 잘하는 친구라 설마했다. 음력 정월 하순 날씨 치고는 아주 좋은 날씨였다.

생사가 갈리는 해녀 사고

친구 부인은 60대 중반으로 우리와 동갑내기다. 궂은 날씨도 아니고 요즘 해녀로서 나이가 많은 것도 아니다. 50여 년 넘도록 물질만 해온 경험 풍부한 해녀다. 불현듯 아내의 모습이 겹치면서 머릿발^{털뿌리}이 서고 온몸에 소름이 돋고 묘한 기분이 들었다. 순간이지만 해녀 사고의 긴장감은 피를 말리고 입에선 단내가 난다. 해녀 가족들만이 느끼는 생리적인 본능이라 해도 과언이 아니다. 해녀 사고는 대부분 목숨을 잃는 사고다.

보건지소 마당에는 군데군데 사람들이 모여 웅성거리고 있었다. 다른 친구들도 와 있었다. 분위기는 심각했다. 보건지소에 도착했을 때는 이미 숨이 끊긴 상태란다. 내 머리에는 가족들과 오순도순 아침 밥상머리의 장면이 흐릿하다. 자맥질 때문에 배불리 밥도 먹지 않았을 것이다.

며칠 전 친구는 동창모임으로 여행을 다녀왔다. 아내 몸보신을 할 거라며 보양식을 샀었다. 그걸 먹을 시간적 여유도 없었을 것을 생각하니 장면 장면이 눈에 아른거렸다. 한 가정의 할머니며 어머니며 부인이다. 고무 잠수복을 일상의 옷으로 갈아입고 가족의 품으로 귀가해야 할 아낙이다. 한 여인의 생을 물질로 마감하다니.

아내도 말을 잇지 못하고

순간, 작업 간 아내가 떠오른다. 마중을 갔다. 아내는 이웃 마을의 사고여서 작업을 마치고 뭍으로 나와서야 안 모양이다. "어쩌다……." 하면서 말을 잇지 못하고 눈시울을 붉혔다. 아내와는 '언니, 동생' 하는 사이였다. 물에 젖어 있는 머리며 복장이 가엾고 초췌해 보였다. 내가 죄인이지 싶다. 사고가 난 장소는 아내가 작업했던 곳과는 좀 떨어진 거리이기는 하나 이웃 마을이어서 이따금 아내도 가는 어장이다. 날씨와 물때가 맞지 않으면 작업이 용이하지 않은 장소속칭. 너런지다. 상군이 아니면 작업할 수 없는, 갯가에서 거리도 멀 뿐더러 물발이 세고 수심이 깊은 곳이다. '웨살' 물에는 작업이 어렵다. '조금' 물에도 날씨와 물때가 맞으면 두무날에서 서너무날, 고작해야 2~3일 작업하는 곳이다. 작업을 못하는 물찌

날이 많다. 잊을 만하면 사고 소식이 들려오는 '서먹는^{좋지 않은 일이 계속해서 일} 곳이다.

어나는' 곳이다.

차라리 궂은 날씨였더라면

그날은 작업하기는 아주 좋은 날씨였다. 쾌청한 날씨는 아니지만 맑고 밝은 날씨였다. 바람도 잔잔해서 호수 같은 명주바다였다. 물때 또한 두 물날_{음력 25일}, 물발이 세지 않아 상군 해녀들이 작업 욕심을 낼 만한 날씨 였다. '차라리 궂은 날씨였더라면…' 하는 아쉬움이다. 지나치게 좋은 날 씨가 화를 부른 셈이다. 일행들에 의하면 이제 작업 마치고 나가자 했더 니 먼저 가고 있으라 했던 모양이다. 한 번만 더 하자 했던 것이 화를 자 초한 것 같다. 위험한 곳임을 잊고 평소처럼 생각하고 작업하다 '물숨을 먹은_{익사}' 사고였다. 물질은 목숨을 걸고 하는 물속 작업이다. 물속에서는 다른 사람의 정황을 살피기가 쉽지 않다. 운명이라고 하기엔 야속하다.

가슴 철렁하는 줌녀 사고 2

봄 물질에 이따금 들려오는 해녀 사고. 나이 드신 해녀들은 젊었을 때 기량만 생각하고 준비운동도 없이 고무 잠수복에 10여kg 납 봉돌을 등에 지고, 어깨에 메고, 허리에 차고서 물질 작업을 한다. 해초나 줄에 걸려 뒤로 넘어지면 속수무책이다.

그날도 양력 4월 중순, 다섯물 음력 28일이었다. 날씨도 그리 나쁘지 않았다. 이웃 마을 해녀 사고의 소식은 나를 긴장시켰다. 다행히 우리 동네 해녀들은 마을에 일이 있어 작업을 가지 않았다. 그래도 해녀라는 말에는 남의 일 같지 않았다. 순간이지만 가슴이 뭉클하고 머릿발 털뿌리이 솟고 멍하다.

당당한 해녀 어머니였는데

87세 연로한 상군 할머니 해녀였다. 사고 소식을 듣기 몇 시간 전에 볼일이 있어 길을 가는데, 그때 길가에 동네 해녀들과 함께 있었던 어머니

뻘 해녀다. 물질을 그만둘 나이인데도 물질을 천직으로 살아온 해녀다. 10대 초반부터 여태껏 물질로 삶과 건강을 지켜온 해녀였다. 병원 가시라 하면 물질 갈 거라 강짜를 부리신 할머니 해녀였다. 돌아가시기 전날도 성게를 잡아서 돈을 벌었다 자랑하신 해녀였다.

배운 것이라곤 물질밖에 모르는 한을 자식들에게는 물려주지 않으려고 물질로 번 돈으로 자식 넷을 키우시고 뭍으로 다 출가시켰다. 그중에는 대학교 교수인 학자도 슬하에 두신 어머니 해녀였다. 자식들이 같이 살자 해도, 자식 곁이 오히려 불편하다 하신 당당한 해녀 어머니였다. 때론 어머니로, 해녀로 남아 있는 여생 움직일 수 있을 때까지 자식들 눈치 보기 싫다 하시며, 누가 뭐래도 물질로 시름을 달래고 물질을 낙으로 알고 사셨던 어머니였다. 몸이 괴롭고 고달파도 물질을 하다 보면 아팠던 몸도 잊는다며 자리를 박차고 바다로 나선 우리들의 어머니였다.

살기 위해 먹지 말아야 하니

해녀 사고하면 먼저 떠오르는 것은 밥이나 먹고 갔을까 하는 생각이다. 대부분의 해녀들은 작업 갈 때 밥을 굶어야 한다. 살기 위해 먹는 것인데, 살기 위해 먹지 말아야 하니 안타깝다. 밥을 먹으면 먹은 것이 소화되지 않은 상태로는 자맥질이 고통스럽기 때문이다. 속이 비어 있어야 거꾸로 물속에 들어가 작업하기가 편해서다. 소화가 빨리 되지 않는 음식은 잘못하면 토해 내고, 때론 배탈이나 혼수상태까지 유발한다고 한다. 너댓 시간 이상 중노동 중에 배를 곯아야 되는 직업은 물질 말고 또 있을까? 대부분 육체노동은 밥심으로 견뎌야 하는데 말이다.

고무 잠수복이 수의가 되다니

그날도 어르신은 아침을 배불리 먹지 않고 적당히 때웠을 것이다. 등에 지고 간 잡다한 물질 작업 도구가 칠성판이 될 줄이야? 자식들에게 하고 싶었던 말도 있었을 텐데. 동네 사람들에게 해녀로 같이해 줘서 고맙다는 말도 하고 싶었을 텐데, 죽기 전에 하고픈 말 한마디 못하고 입었던 고무 잠수복이 수의가 되어버렸으니. '물질하다 죽었으면 한다.'는 말이 씨가 된 셈이다.

모든 해녀가 다 그렇듯, 매끌매끌 울퉁불퉁한 바위에 단단하게 뿌리를 내리고, 치는 파도를 거스르지 않고 해초처럼 살아온 해녀. 물에서 삶을 캐다가 물이 저승길이 될 줄 어찌 알았겠는가. 한 해녀의 인생을 생각하게 된다.

섬을 떠날 수 없는 해녀

섬에서는 섬 밖으로 나가는 꿈을 꾼다. 그 옛날 우도 비바리들의 꿈도 섬을 떠나는 것이었다. 결혼해서는, 없이 살더라도 물질하면서 살지는 않겠다는 다짐이 꿈의 시작이다. 그러기 위해서는 뭍의 남자나, 안정된 직장에 다니는 사람을 만나 결혼하는 것이 우선이다. 남자들도 남자들대로 결혼하면 물질만은 시키지 않으리라 단단하게 맘먹고, 섬을 떠나 살 것이라 굳게굳게 다짐한다. 그러나 막상 결혼해서 먹고살기 급하면 그 꿈과 다짐은 여지없이 무너진다. 결혼의 부푼 꿈은 삶의 현실 앞에 고꾸라지고 마는 것이다. 기회만 되면 섬을 떠날 꿈을 꾸면서도 물질을 쉽게 포기하지 못하는 이유다.

물질만은 시키지 않으리라 다짐했건만

나 역시 아내에게 물질만은 시키지 않으리라, 어떻게든 섬을 떠나 살 거라 여기면서 여태껏 살아 왔다. 안정된 직업을 찾으면 빌어먹더라도 물질은 하지 않게 하리라 했었는데, 그 꿈은 결혼하고 반년도 채 못 되어 보류되고 말았다. 예상치 않은 가정사로 우도를 벗어나지 못한 것이다. 맏이의 역할이 고향 집 지키며 '식게^{제사}'와 '멩질^{명절}' 하고, 권당^{眷黨 : 친척} 일 잘 돌보기니 책임과 의무뿐이다. 맏이라는 멍에가 섬 떠날 기회와 자유마저도 속박하는 굴레가 된 것이다. 주인처럼 왔다 손님처럼 가는 형제들을 올레까지 배웅하는 아내의 눈시울에 마음이 울적하다.

내가 결혼하던 70년대 중반만 해도 우도의 생활환경이나 여건은 말할 수 없이 열악했다. 의식주를 비롯하여 먹을 물, 땔감조차 뭍에서 동냥을 해다 살았다. 그러니 귀한 딸을 섬에 시집보내 고생시키려 하겠는가. 여자 친구 부모한테 인사라도 하게 되면 사람 됨됨이를 보기보다는 '사는 곳'이나 '살 곳'을 먼저 물었다. 섬사람 괄시가 심했던 시절이니, 오죽하면 섬사람 티를 내지 않으려 애를 썼다.

아내가 해녀라 하면

당시 제주 남자들이 하는 일은 고깃배를 탄다든가 아니면 농사짓는 일이었다. 사시사철 매일 하는 일도 아니어서, 육지 사람들 눈에는 제주 남자들이 일이 있는데도 일은 않고 노는 것처럼 보였다. 정말이지 '집에서 아기나 보는' 한심한 남자가 되는 것이다. 물질 마중 간 남자들을 보고 '우도 남자들은 아기나 보고 있을 거'라는 편견을 갖는 객꾼들도 있어 보인다. 춥고 궂은 날씨에 거친 바다에서 물질하는 나이든 해녀들을 보면서 안쓰러워서 그랬을 것이란 짐작이다.

아내가 해녀라 하면 모르는 사람들은 부러워하고, 행복하겠다는 시선으로 보는 것 같다. 그럴 때마다 행복의 의미를 곱씹게 된다. 아내의 고생에서 비롯되는 일방적인 행복이 진정 행복일 수 있을까? 이건 답은 아닌 듯싶다. 언제, 어떻게 될지 모르는 험난한 바닷물 속 작업을 하는 아내를 걱정하며 속 타는 심정을 모르는 사람들이 하는 생각이다.

살가운 '여자', 강인한 '해녀'

생각하기 나름이겠지만, 내가 느끼는 '여자'와 '해녀'에 대한 감정은 사뭇 다르다. 교양, 지식, 문화를 향유하며 살아가는 살가운 '여자'와 강인한 체력과 정신력을 바탕으로 지혜롭게 새로운 활로를 개척하는 강인한 '해녀'이기 때문이다. 사소한 일로 티격태격하다가도 "아, 해녀지" 하고 격한 마음을 추스른다. 예민한 감정은 나이 들면서 늘 긴장과 불안, 초조한 삶을 산다. 이젠 아내가 나를 위로하고 밝은 표정으로 물질 간다. 물속 작업이라 도울 수도, 대신할 수도 없는 일이기에 안타까울 따름이다. 애잔한 숨비소리에 고난과 희망이 교차하는 삶의 여울목이 스친다.

3. 해녀의 물질 도구

물질 작업을 위해 가장 중요한 작업 도구는 '소중이'와 '잠수복'이다.
'소중이'와 '잠수복' 이외에
몸에 걸치는 해녀 복장으로는 '뚜데기'와 '물체'가 있다.

우뭇가사리 망사리를 갈고리에 걸어 포크레인으로 들어올린다

우도 해식동굴

소중이

  '소중이'는 해녀들이 물질할 때 입는 노동복인 '물옷'으로 '소중기' 또는 '속곳'이라고도 한다.

  '소중이'는 지금의 수영복과 기능은 같으나 모양이나 입는 방법은 다르다. '소중이'는 무릎 위 허벅지를 감쌀 정도의 길이에 한쪽^{왼쪽} 다리는 끼울 수 있게 만들었고, 다른 한쪽은 옆이 터져 있고 쾌와 벌모작, 매친과 곰이 붙어 있어 벗기보다 입기가 쉽다. '소중이'란 말도 그렇지만 부분적인 명칭도 정겹다. '처지, 이뭄^{의몸}, 굴, 매친, 곰, 벌모작, 쾌, 바대'가 있다. '처지'는 허리 위쪽을 말하며 앞쪽은 앞처지, 뒤쪽은 뒤처지다. '이뭄^{의몸}'은 허리 아래쪽이다. '굴'은 양쪽 다리를 말하는데 옆이 트인 오른쪽 다리는 '산 굴', 왼편 다리는 막혀 있어서 '죽은 굴'이라 한다. '매친'은 왼쪽 어깨끈이다. 어깨끈이 두 개인 소중이는 '어깨말이'라 부른다. 오른 어깨 아래쪽에 단추가 있어 끈을 매는데 용이다. '곰'은 허리끈, '벌모작'은 매듭 단추, '쾌'는 단춧구멍을 말한다. '바대'는 미녕^{무명} 또는 광목 재질인 소중

위 _ 매친(어깨끈)이 하나인 소중이
아래 _ 어깨끈이 두 개인 어깨말이 소중이

이의 재단 부분이 풀리지 않도록 천을 이중으로 붙여 박음질한 것인데, 대부분 무늬를 놓아 불턱에서 입고 자랑하기도 했다. 바대를 보면 소중이 재단이 선명하게 구분된다.

소중이 입는 법

입는 방법이 참으로 지혜로웠다. 물질하고 나와 탁 트인 공간에서 여자가 젖은 아래 속옷을 갈아입기는 쉽지 않다. 덜덜 떠는 몸으로 균형 잡기도 불안하고, 특히나 뱃물질에서는 흔들리는 배 위에서 마음대로 설 수도 없는 곳이라 더욱 그러하다. 앉아서 쉽게 갈아입을 수 있게 만든 '속곳'이 바로 '소중이'다. 쪼그려 앉아 왼쪽 다리만 끼우고 '매친^{어깨끈}'을 왼쪽 어깨에 걸어 일어서면 된다. 다른 한쪽 허벅지 옆과 옆구리에 달려있는 '벌모작 ^{매듭단추}'을 '쾌^{단춧구멍}'에 끼워 '곰^{허리끈}'을 묶으면 가슴과 허벅지 중간 부분까지 감춰지는 팬티 겸 속옷 원피스였다. 강제로 옷을 찢지 않으면 벗길 수 없다. 소중이에 대한 남자들의 짓궂은 장난과 남녀관계의 웃지 못할 일화도 많았다. 소중이를 지그재그로 두 벌 입으면 남자도 치근덕대지 못했다 한다.

물적삼과 까부리

윗옷인 '물적삼'은 팔과 어깨 피부를 보호하기 위한 옷인데 대부분 처녀들이 입었다. 물속에서 머리가 흐트러지지 않게 썼던 '물수건'도 이채

로웠다. 젊은 처녀들은 물수건 대신 '까부리'를 만들어 썼다. '까부리'는 물모자인데 목살이 그을리지 않게 어깨까지 내려오게 광목으로 만들었다. '물적삼'과 '까부리'는 하얀 광목으로, '소중이'는 광목을 검게 물들여 만들었다. 물에서 처녀와 주부 구별은 물옷으로 했다. 주부들은 '소중이'와 '물수건'을 입고 썼으며, 처녀나 새내기들은 '소중이', '물적삼', '까부리'를 착용했다. 시대적 흐름에 물수건이 '까부리'로 변한 것이다.

그때는 대부분 손수 재단하고 만들었다. 재봉틀이 없을 때라 어머니가 호롱불 아래서 한 땀 한 땀 바느질하던 모습이 눈에 선하다. 처녀들의 색깔무늬 '소중이'나 '까부리'는 처녀임을 상징하는 표시였다. 당시는 직물 재질의 구호물자 밀가루 포대를 귀하게 활용했던 시절이다.

고무 잠수복

'고무 잠수복'은 스펀지 옷이다. 70년대부터 시판됐다. 작업 시간이 길어진 것이 고무 잠수복의 가장 큰 장점이었다. 하지만 처음엔 잠수복으로 작업 시간이 늘어나 상군들이 물건을 다 쓸어 갈까 봐, 나이 든 해녀들이 반발이 심했다. 당시는 잡을 물건이 많았으니 물때와 시간을 신경 쓰기보다는 많이 잡는 것만이 능사였던지라 길면 한 시간여 작업인데, 고무 잠수복이 처음 나왔을 때 나이 든 할망해녀들에게는 생소한 물옷이었으니 못 입게 할 수밖에 없었다. 돌이켜 보면 자원을 지속적으로 대물림한다면 해녀 직업이 대는 끊이지 않을 수도 있지 않았나 하는 생각도 하게 한다. 고무 잠수복은 상의와 하의, 모자와 오리발을 붙여 한 세트가 된다. 옷이나 모자는 여름과 겨울용이 따로 있고, 두께가 3~6mm이다. 여름엔 얇은 옷, 겨울엔 두꺼운 옷을 입고 물질한다. 또한 나이 드신 해녀들은 두꺼운 옷을, 힘 있고 젊은 해녀들은 얇은 고무 잠수복을 입는다.

3. 해녀의 물질 도구

고무 잠수복 입는 법

처음 나왔을 땐 딱딱한 고무 재질이어서 입기가 여간 불편한 게 아니었다. 입을 때 뻑뻑한 고무가 여린 살갗에 붙어서 상처를 주기도 하고, 작업 중 마찰로 피부병이 생기기도 했었다. 입고 벗는데 용이하게 고무 옷에 밀가루나 파우더를 분칠해 입었다. 서로 잡아당겨 주지 않으면 입고 벗기가 여간 불편한 게 아니어서 심지어는 잠수복 안쪽에 미끌미끌하게 유채 기름을 바르기도 했다. 지금은 고무 잠수복을 입을 때 살갗 보호용 얇은 속옷을 안에 입는다. 상의는 얇은 속옷을 고무 옷 속에 먼저 끼워 넣고 아래는 팬티스타킹을 입으면 혼자 입기가 용이하다. 재질은 보온과 기능성을 겸한 부드러운 스펀지다. 작업 시간도 대여섯 배 이상 길어졌다.

고무 옷을 입으면 봉돌을 차야

고무 옷을 입어 숨빔질을 하기 위해선 무거운 '봉돌'을 차야 한다. 물질 잘하는 해녀들은 가볍게, 못하는 해녀들은 무거운 봉돌을 이용한다. 봉돌은 쇠붙이나 납으로 나부죽하게 만들어 구멍을 내 벨트를 끼울 수 있게 만든다. 하나에 1kg 이상의 무게다. 상군들은 두세 개 벨트에 찬다. 중군은 네다섯 개, 연로하신 할머니 해녀들은 일고여덟 개 이상을 등과 가슴 허리에 지거나 차서 작업을 한다. 봉돌을 차는 것은 잠수복이 스펀지 재질이어서 물에 뜨는 것을 막아 물속에 빨리 잠수하기 위해서다. 할망해녀들은 해초에 걸리거나 뒤로 넘어지거나 하는 날엔 스스로 일어나지 못

고무 잠수복을 입고 봉돌을 차고 성게를 캐고 있다

해 위험한 상황에 처하기도 한다. 나이 든 해녀 사고 대부분이 봉돌 때문이 아닌가 싶다. 구사일생으로 살아난 나이 든 해녀들이 다반사다. 주위에 사람이 없으면 속수무책인 것이다. 스펀지 잠수복의 일장일단이라 하겠다.

뚜데기, 장갑, 수경

해녀의 분신인 작업 도구는 없어서는 안 될, 정성과 혼이 깃든 것들이다. 식구들의 생계를 위해 물속에서 일하는 해녀들에겐 목숨과도 같은 물질 도구들. 몸을 보호하고 바다밭을 일궜던 선조들의 지혜를 눈여겨볼 일이다.

물질 작업을 위해 가장 중요한 작업 도구는 '소중이'와 '잠수복'이다. '소중이'와 '잠수복' 이외에 몸에 걸치는 해녀 복장으로는 '뚜데기'와 '물체'가 있다.

뚜데기와 물체

'뚜데기'와 '물체'는 해녀들이 물질을 마치고 '불턱'에서 언 몸을 녹이기 위한 방한용 겉옷들이다. '뚜데기'는 솜을 넣고 누빈 포대기로 지금의 숄과 같은 용도다. '물체'는 누비어 만든 방한 옷이다. 상의와 하의가 있지만 해녀들은 주로 상의를 입거나 어깨에 걸쳐 불을 쬐었다. '불턱'은 현대식 해녀 탈의장과 샤워 시설이 설치되면서 없어졌다.

장갑과 손복닥

손에 끼는 작업 도구로는 '장갑'과 '손복닥[꿀무]'이 있다. 장갑이 손 전체를 보호하는 것이라면, '손복닥[꿀무]'은 손가락 보호용이다. 광목을 누벼 만들며 장갑의 손가락 부분 모양을 하고 있다. 맨손으로 바닷속 바위를 더듬을 때 날카로운 돌이나 해초 '쩍[죽은 해초의 뿌리 따위]', 성게 가시로부터 손가락을 보호하고, 해산물을 잡거나 우뭇가사리를 뽑을 때에도 손가락을 보호하고 미끄럽지 않게 한다. 실장갑의 손가락 부분이 빨리 터지지 않게 하기도 했다.

눈과 수경

'눈'은 해녀들이 물속에서 사용하는 소중한 물안경이다. 눈은 '작은눈'과 '큰눈'으로 구분된다. '작은눈'은 유리알이 두 개이고, '큰눈'은 유리알이 하나다. 그래서 '큰눈'을 '통눈'이라고도 한다. '눈'이 '수경'이 되기까지의 과정을 살펴보자.

'작은눈'은 '족은눈, 족세눈, 종제기눈' 등으로 다양하게 불리었는데, '눈이 작다'는 뜻으로 보면 될 것이다. 만들어진 곳의 지명을 붙여 '꿰눈', '엄재기눈'으로 부르기도 했다. '꿰눈'은 구좌면 한동리 마을, '엄재기눈'은 애월읍 신엄리 마을에서 만들어진 '족은눈'이다. 테가 구리나 양철이

위 _ 작은눈(가운데), 쇠눈(오른쪽), 수경(왼쪽). 뒤쪽의 나무통은 물안경과 소품을 넣어 두는 눈곽이다.
아래 _ 수경 안에 개지름 피는 것(김서림)을 방지하기 위해 생쑥으로 닦는다.

었다. 그 외에 소뿔이나 고무 재질로 만들어진 것을 본 기억도 아물거린다. 두 개의 유리알 사이에 연결 구멍이 있어 끈이나 고무줄로 얼굴 윤곽에 맞게 간격을 조정하여 사용했다.

'큰눈'은 '작은눈'이 발전된 것으로 보면 된다. '수경, 통눈, 쇠눈'으로 불리기도 한다. 유리 눈알은 타원형으로 하나인데 코 밑 언저리까지 덮이게 만들었다. 고무 통눈은 신축성이 있어 어지간하면 맞지만, '쇠눈'은 아무에게나 맞지는 않아서 직접 가서 맞춤 제작을 해야 한다. 코까지 덮이게 한 것은 수압으로 인한 조임 때문에 공기를 조절하기 위해서이다. 해녀들의 얼굴에 수경테 자국이 선명한 것도 수압에 의한 조임 때문에 더 그렇다. '작은눈'은 수압을 고려하지 않았기 때문에 조금만 깊이 들어가도 눈알이 돌출되어 통증을 호소할 정도다.

유리도 일반 유리와는 달라 물속에서 물건이 크게 보이는 유리다. 요즘은 나이 들어 시력이 나빠지면 물건이 더 크게 보이도록 안경점에 가서 돋보기로 '수경'을 주문 제작하고 있다. 해녀들이 작업 갈 때 수경 유리에 '눈안지' 또는 '개지름 수경이 뿌옇게 되는 현상' 피는 것을 방지하기 위해 물가에서 생쑥으로 유리를 닦고 쓴다. 작업을 하다가도 갯가로 나서 생쑥으로 닦아야 작업이 가능하다. 옛날엔 물안경 구하기가 쉽지 않았다. 담배와 술을 사 들고 물안경을 만드는 장인을 찾아가서 부탁해야 했다. 그 시절엔 양철로 각종 그릇을 만드는 납땜 장인들이 물안경을 만들었다.

눈곽

'눈곽'은 물안경을 안전하게 보관하기 위해 나무로 만든 작은 장방형의 상자다. 상자 뚜껑은 상자가 굴러도 뚜껑이 쉽게 열리지 않는 서랍형이다. 물안경이 얼마나 소중하고 귀하면 그랬을까 하는 생각이다. '눈곽' 속에는 해녀들의 소품을 넣어 둔다. 물안경과 고막 보호용 밀^{송진과 껌, 송진과 찰}흙으로 말랑말랑하게 만든 귓구멍 마개. 때론 솜에 참기름을 묻혀 귓구멍에 막아 물이 들어가지 않게도 했다), 머리빗, 두통약^{뇌선}, '손복닥' 등을 넣어 다녔다. 불을 쬘 때 방석으로도 사용했다.

테왁과 망사리

　'테왁'과 '망사리'. '테왁'과 '망사리'는 각각의 기능을 갖춘 한 세트로, 바늘과 실이다.

테왁

　'테왁'은 물 위에 뜨게 하는 부표 역할, '망사리'는 '테왁'에 묶어 잡은 해산물을 넣는 그물망태다. 60년대 이전 '테왁'은 잘 익은 박을 구멍 내어 속을 파내고 단단하게 말려서 만들었다. 속을 파냈던 구멍은 틈새로 물이 들어가지 않게 촛농으로 막았다. 이렇게 만들어진 게 '테왁' 또는 '콕테왁'이다. 말린 박에 망사리를 매달기 위해선 정교하게 끈으로 엮어 묶는다. 끈 하나하나의 이름도 정겨웠다. 테왁을 고정시키기 위한 위아래의 둥근 끈을 '관제', 관제를 얼기설기 엮은 끈을 '태도리줄,' 망사리 어음에 묶는 긴 줄은 '뱃또롱줄^{목줄}', 짧은 세 개의 줄은 '기둥줄'이다. 이 '테왁'은 해녀들에겐 물 위의 배와 같고 목숨과 같은 것이어서, 부부싸움을 해도 '테

테왁망사리와 조락 : 테왁 위아래의 둥근 줄이 관제, 두 개의 관제를 얼기설기 엮은 줄이 태도리줄, 테왁과
망사리를 길게 연결한 노란 줄이 뱃또롱줄, 테왁과 망사리를 세 군데서 짧게 연결한 녹
색 줄이 기둥줄, 사진 오른쪽의 망사리 끝부분에 묶여 있는 주황색 줄이 망사리의 크기
를 조절하는 호름세기, 망사리의 모양을 잡아 주는 둥근 테가 어음이다.

와'만큼은 손대지 않는다. '테왁망사리'를 내놓든가 깨면 이혼이나 다름없
이 여겼다. 작업 마쳐 집에 돌아와서도 '테왁망사리'는 처마 밑 그늘 통풍이
잘 되는 곳에 걸었다. 스티로폼이 나오기 직전인 60년대 말경 '담뿌테왁'이
있었다. '담뿌테왁'은 양철을 납땜하여 만든 테왁으로, 이를 이용하는 물질
을 '담뿌물질'이라 했다. 요즘은 '스티로폼'으로 만들어져 나오고 있다.

망사리 가득 수확한 해초가 담겨 있다
수확한 물건의 양에 따라 호름세기로 망사리의 크기를 조절한다

망사리 – 어음과 그물망

한편 '망사리'는 '어음'과 '그물망'으로 나뉜다. 망사리에는 '테왁'이 흘러가지 않게 중심을 잡아주는 어음이 있다. '어음'은, 넝쿨나무를 둥글게 지름 1미터 정도의 굴렁쇠 모양으로 묶고 단단하게 말려서 만든다. 여러 차례 물에 담금질로 불렸다 말리기를 반복하지 않으면 꺾어지기 쉽다. '망태' 모양의 그물망을 '어음'에 촘촘하게 묶고, 가운데는 물건을 넣

고 빠지지 않게 끈이나 고무줄로 둥글게 병 아가리 모양으로 만든다. 물건을 밖으로 내놓을 때는 밑의 '흐름세기ᵏ'를 풀어 쏟는다. '망사리'는 해산물 작업 용도에 따라 크기가 다르다. 해초 망사리는 대부분 크다. 특히 감태나 듬북 망사리는 뭍에서 사용하는 '걸망'을 사용하기도 한다. 제주의 '걸망'은 소의 꼴이나 마른 검질ᵏ을 담아 나르는 큰 망사리다. '걸망'은 코가 크며 물 빠짐이 좋다. 일반적으로 '테왁망사리'는 소라나 성게를 딸 때, 즉 '헛물질'할 때 사용하는 망사리다. 물건의 양에 따라 조절할 수 있는 끈인 '흐름세기ᵍᵘˡ른노'를 이중으로 만든다. 물건을 많이 잡을 때는 중간 '흐름세기'를 풀면 망사리가 커진다. 조립식은 아니지만 물질 작업 시 필요에 따라 용이하게 한 것이다.

테왁에 단단하게 묶은 끈을 망사리 어음에 동여맨 게 '테왁망사리'다. 관제, 태도리줄, 뱃또롱줄, 기둥줄은 사람의 머리털이나 돼지털, 말총 등을 꼬아서 묶는 것을 어렸을 적 봤던 기억이 난다. 식물성 재질로는 억새 말린 것이나 '신서란ⁿ유질랜드삼'을 무두질해 말려 실처럼 가는 가닥을 모아서 꼬아 노끈으로도 사용하고 그물 '걸망'을 짜기도 했다.

조락

'조락'은 '어음'에 매달고 작업하는 비상용, 예비용의 작은 망사리다. 잡은 해산물로 '테왁망사리'가 차거나, 망사리 구멍으로 빠져나올 수 있는 물건이나 흠집으로 상품의 질이 떨어지는 전복, 해삼, 오분자기는 '조락'

에 넣었다. 우뭇가사리 작업 때는 두세 개의 큰 '군룬조락^{여분조락}'을 매단
다. '조락' 중 예비용 '조락'과는 또 다른 '닻돌조락'이 있다. '닻돌조락'의
'닻돌'은 평소에 거치적거릴 때는 버리기도 한다. 해녀들은 대부분 '불턱'
에서 물가까지는 맨발이지만, 신발 밑창이 미끄럽지 않은 '샌들 슬리퍼'
가 나오면서는 물질 갈 때는 물가까지 그것을 신고 간다. 물가에서 오리
발로 갈아 신고 슬리퍼는 '닻돌조락'에 넣는다. 슬리퍼는 해녀들에겐 필
요한 신발이지만 점차 사라지는 추세다. 해녀들은 이 슬리퍼를 '꽝 슬리
퍼'라 부른다. 딴딴해서 그렇게 부르는 것이다.

닻돌, 닻줄

'닻돌'과 '닻줄'은 '테왁망사리'가 조류에 흘러가지 못하게 고정하는 장
치다. 줄 한쪽은 '닻돌'을 묶고 다른 한쪽 줄^{닻줄} 끝은 '테왁망사리 어음'에
묶는다. 작업할 때는 '돌닻'을 바닷물 속 해초나 돌, 바위에 고정시켜 '테
왁망사리'가 조류에 흘러가지 못하게 한다. 물살이 세지 않을 때는 '닻'을
고정시키지 않고 물 흐름에 따라 작업한다. '닻돌'은 어른 주먹 크기의 돌
에 구멍을 내 줄을 꿰어 묶은 작은 돌이다. 작은 돌을 줄로 묶기가 불편하
면 조락을 사용하기도 하고, 요즘은 쇠갈고리를 만들어 쓰기도 한다. '닻
줄' 길이는 30m 내외다.

'닻'을 가지고 다니는 해녀라면 '중군' 이상의 해녀로 봐도 무방하다.
경험이 풍부하고 노련한 해녀들은 '닻'을 단단하게 고정시키지도 않을 뿐

만 아니라 흔들리는 '닻줄' 가까이에서 작업하지도 않는다. 또한 봉돌을
찬 허리벨트는 위험을 대비해 단단히 묶지 않고, 매듭도 손으로 잡아당기
면 풀릴 수 있게 한다.

호미와 굴갱이

'호미^낫'와 '굴갱이^{호미}'도 필요 불가결의 도구다. 제주에선 '낫'을 '호미', '호미'를 '굴갱이'라 한다. '호미^낫'는 밭에서 풀을 '베'는 호미^낫를 '비호미'라 하고, 바다에서 '해초'를 '캐'는 호미^낫를 '중개호미'라 한다. '베다'와 '캐다'의 용어 선택처럼, 모양은 비슷하지만 자세하게 비교해 보면 다르다.

비호미, 중개호미

'비호미'는 뭍에서 풀이나 곡식을 벨 때 사용하는 호미^낫인데 손잡이나 날이 넓고 길다. 손잡이 머리 쪽 끝을 나무자루에 박고 사용한다. 반면 '중개호미'는 바다에서 미역, 듬북, 감태 등 해초를 캐는 호미로, 손잡이 머리 쪽 끝부분을 약간 구부려 나무자루 옆으로 움직이거나 빠지지 않게 철사로 동여맨다. '비호미'와 다른 점이다. '소중이' 곰^{허리끈} 등쪽에 자루를 비스듬하게 찼을 때 날 끝이 위험하지 않게 한 지혜다. 손잡이 자루끝

왼쪽부터 오분자기굴갱이, 문어까꾸리, 빗창, 봉돌

부분도 물에서 손잡이가 미끄럽지 않도록 볼록하게 턱을 만든 게 다르다. 스펀지 옷을 입는 요즘은 '비호미' 고정 방법과 같으며, 나무 손잡이 부분도 기계로 홈을 파서 나온다.

굴갱이

'굴갱이호미'는 달리 '굴각지, 호맹이'라고도 한다. 뭍의 '굴갱이'는 밭에 난 잡초를 뽑거나 흙을 긁는 도구다. 바다에서 해산물을 캐거나 잡는 '굴갱이호미'는 용도에 따라 모양이나 길이가 다르다. 해녀들이 작업하는 '굴갱이^{호미}'는 오분자기, 성게, 문어를 잡는 '굴갱이'가 대표적이다.

'오분자기굴갱이'는 오분자기를 트는 도구이다. 끝이 납작하고 잎이 짧고 예리하다. 손잡이 자루나 길이도 짧다. 오분자기 트는 데 숙련된 해녀는, 바위 밑 천장이나 홈이 패인 돌에 바짝 달라붙어 보이지 않는 오분자기를 손가락 끝 촉감으로 더듬어 튼다.

'성기_{성게}굴갱이_{호미}'는 돌이나 바위 틈 성게를 파내기 쉽게 만들어진 도구다. 끝이 뾰족하고 잎이 둥글고 짧으며 길이는 35cm 내외다.

'문어굴갱이_{호미}'는 '굴갱이'라기보다 '문어까꾸리_{갈퀴}'로 부른다. '성게 굴갱이'와 비슷하며 문어를 낚아채기 용이하게 만든 도구다. 문어는 망사리에서 잘 빠져나오기 때문에 '꿰미'에 꿰기도 하고 '조락'에 넣기도 한다.

성기칼, 빗창, 소살

잡은 성게를 까기 위해선 '성기칼'과 반으로 쪼갠 성게 속 알을 파내는 '성기숟가락'이 필요하다. 곱게 쪼개지 못했을 때 잘게 부서진 성게껍데기 작살이나, 내장알갱이 잡티를 고르기 위한 도구로 '체^篩'와 '핀셋'도 필요할 때가 있다.

성기칼, 성기숟가락, 성기체

'성기칼'은 작고 끝이 뾰족하고 얇아야 성게를 쪼개는 데 껍질이 덜 부서진다.

'성기숟가락'은 얇은 양철로 커피 숟가락 크기 모양으로 만들어 사용한다. '성게알'을 파내기 위해선 숟가락 잎 쪽 끝이 얇아야 알이 상하지 않게 단번에 파낼 수 있다. 요즘은 커피 숟가락 잎을 얇게 해서 사용한다.

'성기체'는 알루미늄 양푼이나 냄비를 못으로 밑바닥 전체를 숭숭 구멍을 내 만든 그릇이다. 잡티가 붙어 있는 성게알을 체에 놓고 물에서 흔들어 일면 성게 껍데기 작살과 내장 알갱이 잡티가 빠진다. 일어도 빠지지 않은 잡티는 핀셋으로 집어낸다. 요즘은 주방에서 쓰는 양은 체들이 다양하다. 깐 성게알은 될 수 있는 한 사람의 손이 닿지 않아야 싱싱하다.

빗창

'빗창'은 전복[비]을 찌르는 창이다. 길이 25cm 내외, 폭 2cm 정도의 두께가 두껍고, 너부죽한 끝이 둥글고 예리한 강한 쇠붙이다. 빗창 손잡이 머리끝을 동그랗게 말아 구멍을 낸 곳에 고무줄로 끈을 달아, 전복을 캔 후 양손을 다 사용해야 할 때는 손목에 끼우기도 한다. 전체적으로 조금 휘어져 지렛대 원리로 전복 캐기에 용이하도록 돼 있다. 전복은 단번에

전복을 캐는 도구인 빗창

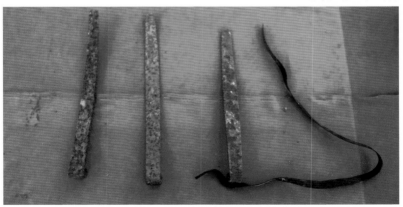

3. 해녀의 물질 도구

캐내지 못하면 상처^{기스} 전복가 생겨 상품 값어치가 현저하게 떨어진다. 물숨이 다 되어 전복을 봤을 때는 바로 건드리지 않고, 잡은 소라를 뒤집어 놓거나 식별할 수 있는 지형지물을 확실하게 가늠하고 일단 수면 위로 올라와 숨을 몰아쉰 후 다시 숨빔질하여 단번에 캐야 한다. 단번에 트지 못한 전복은 대부분 상처가 난다.

소살

'소살^{작살}'은 물고기를 쏘아 잡는 도구를 말한다. '작살'은 굵은 철사 두께의 30cm 내외의 강철로 '촉'을 만든다. 끝이 뾰족하고, 고기를 쏘면 빠지지 않도록 '비늘^{미늘}'이 두 가닥으로 되어 있다. 작살대는 마디가 굵지 않은 1m 내외의 대나무^{수리대}라야 한다. 촉을 대나무 마디 공간에 끼워 넣고 움직이지 않도록 동여맨다. 작살대 손잡이 끝에 탄력성이 좋은 고무줄을 묶는다. 물속에서 사용할 때에 한쪽 손은 고무줄을 당길 때 보조 역할만 할 뿐이고, 다른 한쪽 손으로 고무줄 시위를 당겨 고기를 쏜다. 작살대가 대나무여야 하는 까닭은 가벼우면서 물에 붇거나 수축성이 없기 때문이다. 무겁거나 지나치게 가벼워도 제 기능을 발휘하지 못한다.

구덕과 고에기

　해녀 작업 도구로 또 '구덕^{바구니}'과 '고에기^{물받이}'가 있다. '구덕'은 '바구 니'고, '고에기'는 바구니에서 새는 물로 아랫도리가 젖게 되는 걸 막는 '물받이'다. '구덕^{바구니}'은 '송동이', '숭키구덕', '질구덕'이 있다. 바다에 가 지고 다니는 구덕^{바구니}들이다. 재질은 겉대로 촘촘히 짠 것들이다.

　질구덕, 숭키구덕, 송동이

　물질 갈 땐 '질구덕'을 지고 간다. 물질 작업 도구와 '불턱'에서 쓸 땔감 을 담는다. 그 구덕 위에 테왁망사리를 얹어 지고 간다. '배^{질빵}'도 짚으로 꼰 노끈이었다. 요즘은 테왁망사리는 잠수탈의장에 두고 잠수복만 달랑 시장바구니에 지거나 들고 다닌다.

　'숭키구덕'은 중간 크기의 바구니로 채소나 해초를 담는데 쓴다. '숭키' 는 푸성귀나 나물을 뜻한다. 바구니 끈이 두 개다. 바릇잡이 하는 해녀들 이 허리에 차고 작업한다. 끈도 허리에 차는 끈과 어깨에 메는 끈이 있다.

평소에 사용하지 않을 때는 허리에 차는 끈은 구덕 손잡이 테에 묶어둔다. 어깨에 메는 끈은 손잡이 양쪽에 묶여 있어 들거나 메고 다닐 수 있게 했다. 시장바구니의 손잡이 역할과 같다.

'송동이'는 작은 바구니인데, '송동구덕'이라 하지 않고 '송동바구리'라 한다. '숭키구덕'처럼 허리끈과 손잡이끈 두 개가 있다. 바룻잡이로 '보말^{고동}'이나 양이 많지 않은 국거리용 가시리나 파래를 매러 갈 때 가지고 다닌다. 갯바위 낚시꾼들이 미끼를 놓고 꿰미 대신 옆구리에 차서 고기 낚을 때 필요한 전용 바구니가 송동이다.

물구덕

또 '물구덕'이 있다. '물허벅구덕'의 줄임말이다. 육지에서는 여자들이 물양동이를 머리 위에 이고 물을 길었지만, 제주에선 '물허벅'을 '구덕'에 놓아 등에 지고 물을 길었다. 바람 영향 때문이 아닌가 한다. '물구덕'은 '구덕' 안쪽 밑바닥에 짚을 깔아 질그릇 허벅이 다른 충격에 깨지거나 흔들리지 않게 했다. 바깥쪽 밑에는 적당한 왕대나무를 구덕 길이보다 좀 길게 토막내 약간 납작하게 쪼갠 후, 줄로 엮어 쪼개진 대의 안쪽이 구덕 바깥쪽 밑바닥을 감싸게 연결한다. 허벅에서 약간의 물이 흘러도 대나무 홈에 고이거나 타고 흘러내려 옷이 젖지 않게 하는 '고에기' 역할을 한 것이다. 또 구덕이 빨리 해지는 것도 방지했다.

물이 출렁이는 걸 막는, 짚으로 만든 물허벅 주둥이 마개도 눈에 선하

해녀들이 지고 있는 바구니가 질구덕, 구덕 밑에 댄 물받이가 고에기, 구덕 위에 둥근 것이
박의 속을 파내 만든 쿡테왁, 머리에 쓴 것이 물수건이다

다. 혹시나 흘린 물로 등이 젖을까 봐 '무지'나 누빈 '헌옷'을 등받이로 썼
다. 새색시들이 아침 일찍 색동한복에 '물허벅'을 지고 다니던 모습이 눈
에 선하다.

구덕은 물건을 담는 용기로 소중하게 관리했다. 헐어서 못 쓸 정도가
되면 천을 붙여 곡식을 담는 'ᄇ른구덕'으로 그 쓰임새가 바뀐다.

물받이 역할 고에기

'고에기'는 '구덕'에 물이 흘러내리는 해산물을 졌을 때 물이 몸으로
떨어지지 않게 하는 물받이다. '질구덕' 밑에 대는 것이라 구덕 밑창보
다 좀 크고 길어야 물이 사람의 몸에 떨어지지 않는다. 바지게 짐도 물
이 흘러나오는 짐은 지게와 '바작ᵇᵃᵗᵉ' 사이에 '고에기'를 받쳐 졌다. '고
에기'는 재료에 따라 바싹 말린 '쉐가죽 고에기', 촘촘하고 두꺼운 천
'무지 고에기', 고무로 만든 '고무 고에기'가 있는데, 그중 오래 쓸 수 있
는 '고무 고에기'를 으뜸으로 쳤다. 요즘은 가벼운 비닐을 받쳐 짐을 진
다.

바닷물이 열린다는 개날戌日

이러한 작업 도구를 만들고 살 때도 날을 보고 구입했다. 해녀들이 선
호하는 좋은 날은 개날인 술일戌日이다.

개날은 바닷물이 열린다는 속설이 있기도 하고, 또 개가 물건을 물고

다니기 때문에 가장 좋은 날로 여겼다.

　이러한 해녀 작업 도구도 시대가 변하면서 산업의 발달로 하나둘 사라지고 있어서 안타깝다.

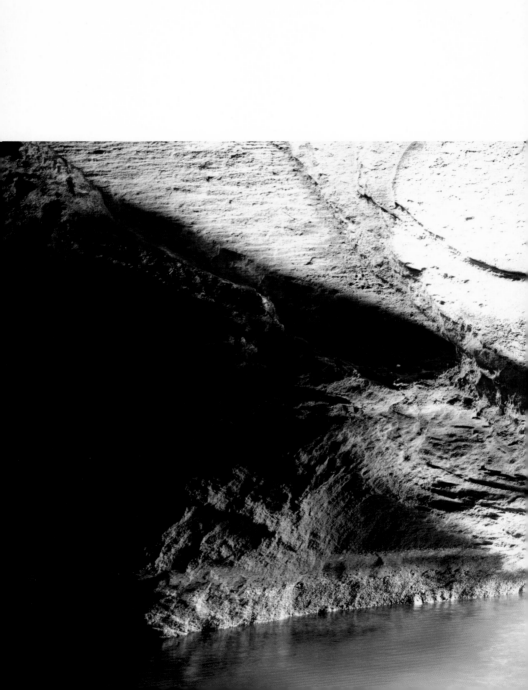

4. 해녀의 물질 환경

해녀들에게 '여'는 물때의 시계 역할을 한다.
밭에서 작업을 하다가도 '여'가 물 위로 솟은 정도를 보고,
하던 작업을 중단하고 물질을 간다.

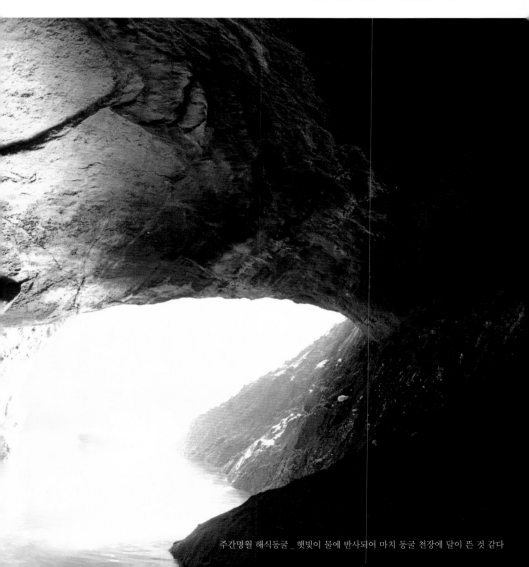

주간명월 해식동굴 _ 햇빛이 물에 반사되어 마치 동굴 천장에 달이 뜬 것 같다

바다밭

바닷물 속 밑바닥이 바다밭이다. 땅위의 지형지물 형태와 같다고 보면 될 것이다. 물속에 잠겨 있어서 육안으로 볼 수 없을 뿐이다. 바닷물 속 밑바닥은 모살^{모래}, 펄^{개흙}, 작지^{자갈}, 머들 또는 머을^{물속 돌무더기}, 빌레^{평평한 반석}, 여^{물속 돌 동산} 엉덕^{굴처럼 움푹 들어간 곳}, 비령^{물속 바위}, 구슴^{홈치}, 얼랑창^{울퉁불퉁 굴렁진 바닥} 등으로 이루어져 있다. 바다에는 우리들이 상상할 수 없는 바다 생물들이 살아간다. 지구의 70%가 바다인 것을 감안한다면 우리가 살아갈 생계는 여기에 있다 해도 과언이 아니다. 무한한 연구와 개발이 필요한 곳이 바다다. 바다의 영역 다툼도 그래서다.

바다의 형태나 수심, 물 흐름에 따라 다양한 바다 생물이 자란다. 바닷물의 온도와 염분 농도에 민감한 생물들이 계절을 타는 것을 보면 신기하다. 스스로 때가 되면 해살이를 반복한다. 대부분의 갯바위 식물들은 겨울 매서운 갯바람과 세찬 물살에서 자란다.

바다가 주는 선물

뭍에서 자라는 곡식이나 채소는 사람의 손길에 의해 길러지지만, 바다 식물들은 바다가 길러준 것을 때가 되어 캐내기만 하면 된다. 바다가 인간에게 주는 선물이다. 우리 인간이 해야 할 일은 어리거나 번식기에는 잡거나 캐지 말아야 한다는 것이다. 해를 거듭해야 상품이 되는데 어린 것을 캐거나 잡아버리면 자원이 고갈될 수밖에 없다. 바다밭의 자원 보호는 재앙을 막는 일이기도 하다. 마구잡이로 채취해서 고갈 위기의 상황인 것을 알면서도 내 개인의 것이 아니라 상관없다는 데 문제가 있다.

해녀들의 바다밭, 여와 머들

해녀들이 작업할 수 있는 바다밭은 수심 10m 내외의 여와 머들이다. 여와 머들에서는 각종 동·식물들이 먹고 먹히며 살아간다. 바닷물 속 자연의 순환이다. 해녀들은 물때마다 어느 지경 밭에는 무슨 물건이 있다는 것을 꿰뚫고 있다. 물속 여는 해녀들의 바다밭 지형지물의 이름이기도 하다. 갯가에 있는 여는 '굿여 가까운 여', 깊고 먼 곳에 있는 여는 '막여'다. 해녀들은 '굿여'와 '막여' 사이에서 기량에 맞춰 알맞은 밭을 찾아 작업한다. 요즘 해녀들이 작업할 수 있는 바다밭은 넓어지는데 해산물 수확량은 점점 줄어들고 있다.

모래밭은 물속 사막

넓은 모래밭이나 자갈밭은 특정 생물들이 살기는 하나, 해녀들에겐 물속 사막이나 마찬가지다. 자갈밭은 해삼이나 문어 같은 연체동물들의 서식지다. 우도 근해에는 해녀들이 작업할 수 있는 갯벌은 없다.

해초 캐는 시기도 겨울 끝자락과 초봄에는 톳, 미역, 우뭇가사리 등을 캐고, 그 밖의 해산물들은 산란기를 넘겨서 잡는다.

한없이 주는 보물 창고

흙과 바다. 극과 극이지만 두 곳에 생물이 존재하는 것은 같다. 자연에 거스르지 않고 나고 자라고 사라졌다가 때가 되면 다시 생기고 돋아나는 게 신비롭다. 잎과 줄기는 부드럽지만 그 뿌리는 매끌매끌한 돌과 바위에 굳게 붙어 있어서, 생존하는 모습이 마치 해녀가 바다에 의지해 삶을 부여잡은 것과 다를 바 없다. 바다밭은 한없이 주기만 하는, 없어서는 안 될 보물 창고다.

풀캐기

해녀들의 영역인 바다에 입어권은 바다풀 캐기 여부에 있다. '풀을 캔다'는 말은 바다의 잡초를 제거하는 일을 말한다. 요즘은 풀캐기란 말도 잊혀져 간다. 대신 '갯닦기'라 하고 있다. '갯닦기'는 바위나 돌에 해초 포자^씨가 뿌리를 내릴 수 있도록 돌에 붙어있는 잡다한 '쩍^{죽은 해초의 뿌리 따위}'들을 쇠붙이로 제거하는 작업이다.

미역이 주 생산 해산물이어서 주로 미역 나는 곳에서 잡초 제거 작업을 했다. 미역이나 우뭇가사리 포자가 돌이나 바위에 붙을 수 있도록 환경을 조성하고 미역이 군락을 이뤄 자랄 수 있도록 하는 어장 가꾸기다.

가을 풀캐기, 초봄 풀캐기

해녀들이 미역을 채취할 수 있는 입어^{入漁 : 물질 작업}는 풀을 캐는 여부에 달려 있다. 풀캐기는 가을과 초봄에 하는데, 가을 풀캐기는 포자 번식을 돕고, 초봄 풀캐기는 미역이 자랄 수 있도록 잡풀을 제거한다. 가을 풀캐

4. 해녀의 물질 환경

기 시기는 대체적으로 추석이 지나서 일정을 잡으면 3~5일간 캔다. 이때는 대부분 출가물질을 마치고 집에 들어온 때다. 고무 잠수복이 나오지 않았을 때라 육지에서는 물이 차서 물질을 못한다.

초봄 풀캐기는 미역 캐기 한 달 전쯤인 겨울 끝자락 3월에 한다. 미역 주위에 미역보다 빨리 자란 해초인 노랑쟁이, 듬북, 지듬북, 실갱이, 고지기가 그 대상이다. 캐낸 해초는 건져 올려 말려서 밭의 거름으로 사용했다. 보리 파종할 때 밭에 깔았다. 거름을 만들기 위해서라도 풀캐기를 해야 했다.

풀캐기 도구 – 테우, 줄아시, 공쟁이대

이때는 테우^떼나 풍선風船 : 돛단배을 갖고 있는 사람들도 해초 거름을 확보하기 위해서 풀을 캤다. 풍선에서 사용했던 해초 작업 도구는 '줄아시_{줄낫}'였다. '줄아시'는 길이가 2~3m, 넓이는 7~10cm쯤 되는 쇠로, 나부죽하고 약간 구부러져 있다. 굽은 쪽은 낫처럼 날이 있다. 양쪽 끝에 구멍이 있어 줄을 묶고 지그재그로 '당겼다 놓았다'를 반복하며 풀을 캔다. 캔 해초를 끌어올리기 위해 사용한 작업 도구는 '공쟁이대_{대나무에 갈퀴}'였다. '공쟁이대'는 긴 대나무 끝 부분에 나무를 묶어 갈퀴를 만들었다. 물에 떠있는 해초를 끌어올리는 도구다.

캐낸 해초나 미역 마중은 남자들 몫이다. 바닷물을 흠뻑 머금은 해초를 등짐으로 날랐다. 땀과 바닷물로 젖은 옷의 소금기 때문에 어깨며 등이 물집으로 쓰리고 아렸다.

테우

풀캐기를 하지 않으면

공동작업인 풀캐기를 하지 않으면 토박이 해녀라도 미역을 '꿈물지^{캐는}
작업' 못했다. 풀 캐지 않은 해녀는 부녀회에서 결정하는 상당한 궐과금을
내야 작업할 수 있었다. 공동체의 일이라 규정이 엄격했다.

다른 마을 해녀는 이 마을로 시집오지 않은 한, 바다에 입어는 철저하
게 막는다. 시집오는 날부터 시가 마을 바다에서 '헛물에질'은 할 수 있어
도, 미역 캐는 것은 풀캐기를 하지 않았기 때문에 허용하지 않았다. 시집
간 해녀는 시집간 날부터 친정 동네에서 물질을 못한다. 다만 풀을 캐고

갔으면 미역 '허채^{해경}'에는 친정에서 물질을 했다. 친정에서 마지막 물질인 셈이다.

마을 규약도 바다에 입어권을 중심으로 해서 기준을 삼았다. 딸과 며느리의 입어를 분명하게 했다. 가정을 꾸려갈 며느리와 그렇지 않은 며느리 차별도 엄격했다. 생계가 달려 있다 보니 해녀들의 물질 작업은 가족이나 친인척 사이도 냉정했다. 마을과 마을 간 바다 경계로 분쟁도 비일비재로 있었다. 피붙이끼리도 생계와 마을 공동체를 위해선 별도리가 없었다.

흐지부지된 풀캐기, 백화현상

미역 가격이 노력에 비해 경제성이 떨어지면서 풀캐기 작업도 흐지부지되어 버렸다. 종전엔 캐면 캘수록 많던 해초들이 지금은 점점 사라지고 있다. 해초는 캘 시기에 캐야 번식이 되는 게 아닌가 싶다. 갯바위에 톳도 어렸을 적엔 뿌리째 맸다. 수확량이 줄지 않았던 것은 뿌리가 뽑히면서 갯닦기나 풀캐기가 저절로 이루어진 것이 아닌가 한다. 요즘은 낫으로 베고 있어 오래된 뿌리는 캐내 줘야 새로운 환경이 조성되는 게 아닌가 싶다.

갯바위의 잡초 제거와 갯닦기 소홀로 종전에 무성하게 자랐던 해초는 사라지고 그 자리엔 백화현상으로 생계의 텃밭을 잃고 있다. 요즘 바다 생물을 되살리기 위해 모래나 자갈밭 그리고 황폐화된 어장에 육상의 돌을 넣거나 고기가 살 수 있는 고기집을 만들어 놓고 있다. 바다에서 마냥 캐 올리기만 하던 때는 지났다. 가꾸고 관리하는 것, 무분별한 마구잡이를 하지 않는 것이 바다와 공존하는 길이 아닌가 싶다. 풀캐기, 갯닦기, 해적 생물 잡기는 기본이어야 한다. 어렸을 적 잡고 또 잡아도 노다지였던 소라, 전복, 문어, 해삼, 오분자기…. 이것들이 머지않아 그림에서나 볼 수 있는 생물이 될 것 같아 걱정이다. 바다풀 캐기와 갯닦기는 우리들에겐 텃밭을 가꾸는 일이며, 생존의 길이다.

여와 해녀

'여'는 바닷물이 들고 써고 함에 따라 잠겼다 드러났다 하는 물속 돌 동산 바위다. 물속 '여'는 뱃사람들에겐 위험한 암초지만, 해녀들에겐 위험을 무릅쓰고 삶을 캐는 바닷물 속 작업장이다. 각종 바다 생물들이 서식하는, 뭍의 옥토와 같은 곳이다. 물질할 수 있는 '속여'와 '머들^{큰 돌무더기로} _{일명 '머울'}'과 '구숨_{홈치}'이 많은 마을 해녀들은 먹고 사는 데는 걱정이 없었다. '여'에 생계가 걸려 있다 보니 '여'의 경계를 놓고 이웃 마을과 바다 분쟁도 일어난다.

해녀들은 '여'의 모든 것을 꿰뚫고 있어야

해녀들은 '여'의 환경과 여건, 시기마다 생물의 생태를 꿰뚫고 있어야한다. 예컨대 같은 해산물이라도 '초각_{초기}'에 잡는 '여'가 있는가 하면, 초기엔 없다가 '만각_{끝말}'에야 나는 '여'가 있다. 즉, 초기엔 난여에서, 끝말엔 숨은여에서 작업하는 경우다. 수온과 먹이 때문이 아닌가 싶다. 또한 굽이치는 물살은 '여'의 형태와 크기 수심에 따라 세기도 하고 느리기도 한다.

해녀들에게 '여'는 물때의 시계 역할을 한다. 밭에서 작업을 하다가도 '여'가 물 위로 솟은 정도를 보고, 하던 작업을 중단하고 물질을 간다. 밭에서 먼저 나온 해녀는 물질 갈 사람에게 "물춤 뒜저." 또는 "굼 내렸저." 라며 작업 나갈 시간이라 재촉하며 '여'를 바라본다. 해녀들의 세계에서 '여'는 시계며 물때 시간표다.

여의 종류 – 튼여, 난여, 숨은여

해녀들이 부르는 '여'의 종류는 '튼여', '난여', '숨은여'로 나뉜다. 바닷물 수위는 일정하지 않다. '여'는 물이 들면 드러나지 않는다. '여' 이름은 해녀들이 위치를 알기 위해 붙인 것이라 보면 될 것이다.

튼여

'튼'은 따로 떨어져 있다는 말이니 '튼여'는 따로 떨어져 있는 '여'라는 뜻이다. '튼여'의 기준은 갯가와 가까우면서도 떨어져 있는 '여'다. 좀 더 떨어져 있는 '여'는 '바깥튼여'라 한다. '튼여'는 겨울 철새 도래지로 이듬해 봄까지 장관을 이룬다. 그에 걸맞게, '튼여'에 붙여진 다른 이름이 '오다리여'다. 요즘은 먹이가 없어선지 객꾼들 때문인지 '튼여'에 철새가 앉아 있는 풍경도 예전 같지 않아 썰렁할 때가 많다.

튼여는 갯가와 가까우면서도 따로 떨어져 있는 여다

선조들은 '튼여'의 지형지물로 '개맛^{포구}'을 만들어 테우나 범선을 안전
하게 매어 두었다. 거센 파도가 포구 안으로 직접 치는 것을 막아주는 방
축 역할을 했다. 그러나 발동선이 나오면서 '여'는 위험한 암초가 되어버
렸다. 요즘은 돛단배를 매었던 '개맛^{포구}'은 흔적마저 사라지고 있다.

난여

'난여'는 물이 많이 써는 '웨살'에나 삼월 보름 물때에 수면 위로 조금

형체가 드러나는 '여'다. 해녀들의 주된 어장이다. 특히 'ᄀᆞ물질'을 하는 중군 이하 하군 해녀나 할망^{할머니}해녀들의 작업 구역이다. 미역, 우뭇가사리 군락지다.

숨은여

'숨은여'는 물이 써도 보이지 않는 '여'이다. 물속에 잠겨 있다 해서 붙여진 이름이다. '헛물에질'은 대부분 '숨은여'에서 작업한다. 소라, 전복이 아무래도 굵다. 값나가는 해산물들이다. 해녀들은 '숨은여'의 환경과 물때를 잘 맞춰 물질해야 한다. 물때를 놓치면 그 '여'에서의 그날 작업은 끝이다. 15일 간격으로 바닷물의 간만을 구분하는 주기를 '물찌' 또는 '물거리'라고 하는데, 때론 한 물거리에 하루나 이틀, 그것도 날씨와 물때가 맞아야 작업이 가능한 '여'도 있다. 물때가 좋아도 날씨가 궂으면 못하고, 날씨가 좋아도 물때가 맞지 않으면 못한다. 이따금 작업하는 '여'여서 물건이 많을 수밖에 없다. 수심이 깊은 '막여'에는 상군들만 물질이 가능하다. 해녀가 숨빔질을 못하는 여를 '창터진여'라 한다. 이 이름들은 소통하기 위한 이정표며 머릿속 지도다.

다양한 여 이름

고동^{소라}이 많이 난다 해서 '고동여', 오분자기가 많아 '오분작여', 할머니가 물질하고 오다 쉰다는 '할망여', 방아 같이 둥근 '방앗여', 쟁반 모양의

'쟁반여', 가마우지가 많이 앉는 '오다리여', 굴조개^{따개비}가 많은 '꿀정여', 여 동산이 길어 '진여', 가늘어서 '고는여', 솥뚜껑을 닮아서 '솟뚜껑여', 동쪽으로 길게 뻗어 나간 '똥내민여', 자리돔이 많은 '자리여', 경계의 말뚝을 박은 '말톡여', 시체의 다리가 여 틈에 걸렸던 '다리걸린여', 두 번째 있다 해서 '셋여', 끝에 있는 '막여', 문지방 모양의 '지방여', 살과 같은 '강알여', 얼핏 보기에는 한 덩어리인데 가까이 가서 보면 가운데로 갈라진 '목갈라진여', 개머리 비슷한 '개데맹이여', 바다 쪽으로 뻗은 '코지여', …….

이렇게 각각의 '여'에 붙여진 다양한 이름들은 해녀들이 작업할 때 쉽게 찾을 수 있게 해 준다. 해녀들은 날씨에 따라 그날의 작업 장소를 선택한다. 뭐니 뭐니 해도 해녀가 좋아하는 여는 해산물이 많은 여다.

또한 항해 중 위험한 여는 '개데맹이여'다. 개머리 같이 뾰족하게 솟아 있어서 물이 써도 드러나지 않는다. 특히 야간 항해나 안개 낀 날은 위치를 잊고 지나치다 큰코다치는 '여'다.

갯가 지형 - 코지

'여'와 더불어 갯가 지형을 부르는 다른 이름도 있다. '코지'와 '물안지'가 그것이다.

'코지'는 코같이 돌출되어 바다 쪽으로 뻗은 곳을 말한다. 어지간해선 물이 들어도 잠기지 않지만 물이 써면 여와 연결되는 코지가 많다. '여'처럼 '코지' 이름도 특이한 일이나 모형, 설화 속 이름을 붙여 '코지 또는 봉

바다 쪽으로 돌출된 땅이 코지이고, 코지와 코지 사이 육지 쪽으로 쑥 들어온 곳이 물안지다.

광대코지

오지'라 부른다. 우도에 처음 사람이 들어온 곳이어서 '드렁코지', 설화 속 사람 이름을 딴 '득셍이코지', 길게 나간 '진코지', 소의 머리뼈가 툭 튀어나온 것 같은 '광대코지', 황돔이 잡히는 '동치코지', 놀래미가 잘 잡히는 '졸락코지', 시신을 실어오고 나가는 '영장봉오지', 쟁기날인 보습을 닮았다 해서 '보섭봉오지' 등 그 이름도 많다. '코지'나 '봉오지'는 물살은 세고 거칠다.

갯가 지형 - 물안지

'물안지'는 '코지'와 '코지' 사이 육지 쪽으로 쑥 들어온 곳을 말한다. 만灣이나 항구도 '물안지'이다. 우도 해녀들은 안쪽으로 들어온 지형을 강을 비유해서 '안깡'이라 부른다. '안깡' 물질은 파도가 잔잔하고 물살이 세지 않아 '틀팔이' 해녀들이 작업하기가 좋은 바다다. '물안지'를 우도 사람들은 다른 이름으로 부르기도 한다. 지역이나 지명, 모양을 따서 '무슨 무슨 알'이라 부르는 것이다. '알'은 '밑'이라는 뜻으로 아래쪽 즉 안전하다는 말이다. 그 모양이 장통 닮은 '장통알', 늙은 부부가 봉천수를 파서 살았던 '늙은이물알', 보리수나무가 많았던 '볼레낭알', 듬북을 눌었던 쌓아두었던 '듬북눌알', 빗물이 모여서 흐르는 '물코알', 소로 밭 갈 때 '벙에흙덩이'가 많은 지역인 '우벙에알', '동냥바치동냥아치'가 살았다 해서 '동냥알' 등이 있다.

'여', '코지', '물안지'. 지역마다 마을마다 이름이 있듯, 마을 사람들이 위치를 쉽게 알기 위해 붙인 이름들이라 정겹다.

우도 갯가

해녀들이 물질하는 바다가 너른 밭이라면 갯가는 울안 텃밭이다. 갯가
에서 자라는 해초와 어패류를 클 때까지 보호하여, 거둘 시기가 되어야
수확한다. 몰래 금채 된 해초나 어린 어패류를 채취하거나 잡다가 들키
면, 그에 상응하는 대가를 치르고 때론 법적인 처벌까지 받기도 한다. 섬
사람들에겐 먹고 살아야 할, 뭍에 곡식 농사와 같은 것이다.

갯가 보호 - 남의 밭에 함부로 들어가지 마라

갯가를 보호하는 것은 남의 곡식밭에 함부로 들어가지 말라는 뜻과도
같은 말이다. 갯가에 가서 물건을 함부로 채취하지 말아야 함은 물론, 해
초가 나 있는 돌을 뒤집는 행위도 하지 말아야 한다. 톳이나 우뭇가사리,
미역, 해초가 있는 돌을 뒤집어버리면 자라는 해초가 죽어버려서 다시 나
지 않는다. 다시 난다 해도 오랜 세월을 기다려야 한다. 잘못하면 생물이
멸종 위기를 맞을 수도 있다. 무분별한 남획과 포획은 바다 어장을 황폐

우도 갯가

화시킨다. 먹이사슬에 의해 해초를 먹고 사는 어패류들은 살 수 없게 된다. 종전에 갯가에 무성했던 해초와 그 많던 소라, 전복, 오분자기들은 사람의 손길에 훼손되고, 그 자리는 백화현상으로 파괴되어 하얀 어장, 즉죽은 어장이 되었다. 일부 생물들은 흔적조차 찾아볼 수 없게 되었다. 자연이 주는 자원도 관리 소홀로 사라지고 있어 안타깝다. 관리라 해서 특별한 것이 아니라 성체가 되기까지 기다리는 것이다. 그런데 주인 없는 공동의 것이란 의식 때문에, 다음에 내 것이 되라는 보장이 없다는 생각에서 어린 동식물들을 마구 잡아버리니 번식을 하지 못하는 것이다. 당장에 눈앞에 있는 것이니 잡고 보자는 심사는 경계의 대상이다. 자원 감소의 심각성은 어제 오늘의 일이 아니다.

바다밭은 민감하다

밭에 흙이나 곡식은 잘못되어도, 농부의 발품과 손길, 정성과 노력으로 흙을 살리고 다시 씨를 뿌려 곡식을 자라게 할 수 있지만, 바다밭은 그렇지가 않다. 바닷물의 흐름과 온도, 방향, 환경 변화에 따라 때가 되면 나고, 자라고, 사라지는 민감한 바닷속 생물들이다.

관광객들은 바다의 것은 아무나, 아무 때나 잡고 캐면 되는 것으로 알고 있다. 마을 사람들은 아끼고 보호하며, 상품이 되기를 기다리고 있는데, 객꾼들은 바위나 돌 틈에 서식하는 해산물을 크든 작든, 눈에 보이는 것은 마구잡이로 잡고 캐고 있다. 잡은 것 중에 어린 것은 그냥 버리기도 한다. 물이 썬 갯가가 마치 체험 어장인 양 누빈다. 때론 알 만한 사람도 계획적으로 작업 도구까지 가지고 와서 감시의 눈을 피해 해초를 캐고 돌을 뒤집고 하며 본격적인 '바릇잡이'도 일삼고 있어 대책이 있어야겠다. 마을 어촌계원이 아닌 사람이 해산물을 잡고 캐는 행위는 불법으로, 이는 절도에 해당한다. 특히 규격 미달이나 금채기에 해산물은 잡거나 캐서는 절대 안 된다.

갯가에 돌 하나라도 함부로 손대지 마라

마을 어장인 갯가는 관리인이 있는 어장이다. 해녀가 잠수할 수 있는 일정 구역까지의 어장 관리나 입어권은 법적 절차를 거쳐서 그 마을의 어촌계원에게만 있다. 마을 어촌계원이라도 아무 때나 물건을 채취하는 것은 아니다. 우도 사람들은 갯가에 나는 해산물로 생계를 꾸리고, 자식을 교육시키고, 가정 살림을 살아간다.

객꾼들이여, 호소컨대, 갯가에 돌 하나라도 함부로 손을 대고 뒤집는 것은 우도 사람들을 배고픔으로 내모는 것과도 같다는 것을 유념하시기 바란다.

바람과 물결

　해녀는 갯바람과 바닷물에 적응해야 한다. 해상 날씨에 따라 하루생활
도 맞춰야 하는 해녀들이다. 아침에 일어나면 먼저 바다 날씨를 확인하는
것도 일터인 작업 환경을 살펴보려는 것이니, 바람과 물살은 해녀와의 뗄
수 없는 운명공동체나 마찬가지다.

　궂은 해상 날씨에는 바닷물 속 물질 작업하기가 쉽지 않다. 지형지물을
의지하고 하는 작업이 아니어서, 물살 흐름에 순응하면 편하고 피치 못해
역행이라도 할 상황이면 그야말로 힘겨운 작업이 된다. 때로는 바닷물 뒤
집힘으로 인해 물속이 부옇고 몸의 중심을 잡기가 어렵다. 바람은 물결을
거칠게도 하고 순하게도 한다. '지물지ᄇᆞ름 ^{바람방향과 같은 조류}'일 때는 잔잔
하지만, 바람 방향과 반대의 '맞절^{마주치는 물결}'일 때는 물살이 거칠어 헤엄
치기도 어렵다. 작업을 하다가도 속물이 좋지 않을 때는 작업을 중단하고
나오기도 한다. 해녀들은 바닷물이 속에서 뒤집혀지는 현상을 '물알 뒈싸
졌다^{뒤집혀졌다}'라고 투박하고 억세게 표현한다.

바람과 물결의 관계

해녀들은 오랜 경험으로 시각적 감각으로 작업 환경을 꿰뚫고 있다. 바람 방향과 바닷물 속 환경으로 며칠간의 바다 날씨를 가늠하고 태풍을 예단하기도 한다.

같은 풍속의 바람이라도 바람 방향에 따라 바닷물 속은 전혀 다르다. 거칠고 부옇고 잔잔하고 맑고 하는 바다의 변화는 바람 방향과 풍속에 달렸다. 예컨대, 같은 풍속의 바람이라도 '샛바람'일 때는 작업을 못하지만, '하늬바람'일 때는 물질할 수 있다. '하늬바람'일 때 바닷물 속은 맑고 잔잔한데, '샛바람'이 불 때의 물속은 너울 현상이 심해서 물이 부옇다.

바람의 종류

우도에서 부는 바람 종류는 크게 '샛바람^{북동에서 동남 사이}', '갈바람^{북서에서 남서 사이}', '마파람^{남동에서 남서 사이}', '하늬바람^{북서에서 북동 사이}'이다. 정면으로 부는 바람과 정면을 벗어난 바람 이름이 다르다. 동서남북 정면으로 부는 바람을 'ᄀ은바람', 즉 정동풍을 'ᄀ은샛바람', 정서풍을 'ᄀ은갈바람', 정남풍을 'ᄀ은마파람', 정북풍을 'ᄀ은높바람'이다. 정면을 벗어난 바람은 갈래 바람으로 보면 될 것이다. 갈래 바람으로는 동남풍은 '을진풍', 남남동풍은 '동마파람', 남남서풍은 '서마파람', 북북서풍은 '늦하늬바람', 북서풍은 '하늬바람', 북북동풍은 '높하늬바람', 북동풍은 '높새바람'이다.

바람은 계절마다 다르다. 봄엔 '갈바람', 여름엔 '마파람', 가을엔 '샛바

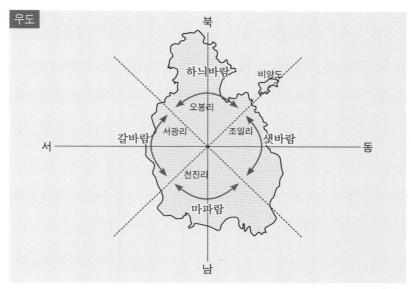

우도

북

하늬바람

비양동

오봉리

서광리   조일리

서 — 갈바람 ←→ 샛바람 — 동

천진리

마파람

남

람', 겨울엔 '하늬바람' 또는 '높바람'이 분다.

갈바람

'갈바람'은 늦봄에 부는 바람으로, 우도에선 '넓미역' 바람이라 부르기도 했다. '갈바람'이 불 때 넓미역을 채취하기 때문이다. 이 넓미역은 우리나라에선 우도에서만 다량으로 서식하는 미역이다. '무절산호 홍조단괴, 세계적으로 흔치 않은 모래덩어리' 하얀 모래 덩어리에 서식하는 미역으로, 길이가

3m 내외, 폭이 20cm 내외까지 자란다. 국이나 쌈의 재료로는 최고의 해초다. 채취 시기는 유월 중순부터 유월 말 전후다. 깊은 곳에 서식하고 있어 해녀들은 대상군이 아니면 캐기 어렵다. 대개는 돛단배로 '갈퀴^{갈고리}'를 끌며 채취한다. 이 '갈퀴'는 나무로 만든 오징어 낚시 모양이다. '갈퀴'가 물 위로 뜨는 것을 방지하기 위해, '갈퀴' 밑 부분에 '돌 봉돌'을 앞뒤로 매단다. 앞에 매단 돌 봉돌은 '목돌 봉돌', 뒤에 매단 봉돌은 '불돌 봉돌'이다. 갈퀴에 걸린 넓미역을 끌어올릴 때, 힘에 부치다 해서 잡아당기는 줄을 멈추거나 느슨하게 하면 '갈퀴'에 걸렸던 미역이 흩어지고 만다. 이제는 경제성 때문에 넓미역 채취에 종사하는 배가 없다.

마파람

'마파람'은 여름 계절풍이어서 후덥지근하고 습하다. 해초의 침잠 기간이기도 하다. 갯바위에 해초들이 성장을 멈추고, 포자^씨를 번식하고 사라진다. 마파람은 뼛속까지 파고든다고 해서 산모에게는 이 바람을 쐬지 못하게 한다. 선풍기, 에어컨이 없던 시절이다. 나이 든 해녀들은 '마파람'을, 갑작스레 불고 그치고 해서 간사스럽다는 뜻으로 '간나위바람'이라고도 한다. 또한 마른장마일 때는 '건마^{건조한 마파람}'라고도 한다.

샛바람, 높새바람

'샛바람', '높새바람'은 가을에 자주 부는 바람이다. 이 바람이 불기 시작했다 하면 며칠씩 분다. 동쪽 바다에서 작업하는 해녀들은 작업을 못하는 날이 많다. 물살이 거칠고 바닷물도 부옇다. 바람이 세차게 불 땐 감태, 듬북 등 잡다한 부유물이 떠밀려 온다. 바다 밑바닥을 뒤집어 썩은 해초나 군락을 이룬 해초를 솎아 내기도 해서, 해녀들에겐 득도 되고 실도 되는 바람이다. 우도에서의 태풍은 대부분 마파람이나 샛바람이다.

하늬바람, 높바람

'하늬바람'과 '높바람'은 겨울 계절풍으로, 이때는 바닷물이 맑고 차다. 바람하면 뭐니 뭐니 해도 하늬바람이다. 오죽하면 하늬바람을 양반바람이라 표현했을까. 북북동 높하늬바람은 몹시 차다. 한겨울 살을 에는 삭풍에도 물질을 할 수 있는 바람이 하늬바람이다. 바깥 기온보다 수온이 더 따뜻하다.

물결의 종류

물결 이름은 물결이 아주 잔잔할 때와 차츰 거세질 때의 이름이 다르다. 호수와 같은 바다의 물결을 '사발물 사발 속의 물', '명주바당 빛이 곱고 아름다운 바다', '누춤보래기 없는 바당 물결이 없는 바다', '물어름 썰물과 밀물이 마주치는 공간'이라 하고, 찰랑거리는 물결을 '사스레기누', 파도를 '절', 파고가 높고 꺾이지 않은 누를 '문둥누', 집채만 한 파도가 멍석말이처럼 밀려오는 누는 '놀'로 부른다. 또 바닷물이 갑작스럽게 빠른 속도로 불규칙하게 들어왔다 빠져나가는 이안류離岸流를 '후내기' 또는 '후름세기'라 하고, 서로 맞부

우도 하고수동 해수욕장 명주바당

딪치는 물결을 '맞절'이라 한다. '누'와 '놀', '절'은 같은 뜻의 물결이지만, 치는 파도에 따라 그 이름이 다르다.

해녀들이 가장 무서워하는 문둥누

가장 위험한 물결은 '문둥누'다. '문둥누'는 꺾임파도를 예고하는 것이어서 해녀들은 하던 작업을 중단하고 빨리 뭍으로 나와야 한다. 갯가에 붙기가 위험하기 때문에 요령껏 나와야 한다. 높은 누는 삼세번을 꺾고 나면 좀 잔잔해지는데 이때를 놓치지 말아야 한다. 해녀들이 물질하다 가장 무서워하는 게 바로 '문둥누'다.

우도에선 바람을 'ㅂ름', 파도를 '누·절·놀·나부리', 바다를 '바당'이라 부른다. 이들은 오래오래 들어야 할 우리의 말소리며, 간직해야 할 바람 이름과 물결 이름이다.

우도의 바람 이름

바람 이름	바람 방향	시기	비고
ㄱ은 샛바람	동풍	가을	오래 불고 태풍 영향이 큼
ㄱ은 갈바람	서풍	늦은봄, 여름	넓미역 바람
ㄱ은 마파람	남풍	여름	간나위 바람, 산모에겐 뼛속까지 영향이 미치는 바람
ㄱ은 높새바람	북풍	가을, 겨울	
을진풍(너른새)	동남풍	여름	너른지 쪽에서 불어오는 바람
동마	남남동풍	여름	습한 바람
서마	남남서풍	여름	습한 바람
늦하늬바람	서서북풍	가을, 겨울	
하늬바람	북서풍	겨울	양반바람
높하늬바람	북북동풍	겨울	겨울에 살을 에는 바람
높새바람	북동풍	가을, 겨울	
뫼오리바람	휘감음		바닷물이 솟구쳐 오를 때, 용이 승천하는 것 같이 보임
돌풍			갑작스레 부는 바람

조금과 사리

바닷물은 하루에 두 번 들고 써고 한다. 한 번 물이 들고 써는 데 걸리는 시간은 12시간 25분 정도다. 따라서 하루 50분 정도 늦어져서, 다음날 썰물은 당일 썰물에 비해 50분 정도 늦다. 늦은 시간의 주기는 물찌의 마지막 날 음력 매월 8일과 23일 '한줴기^{한조금}'가 반환점이다. 9일과 24일 혼물^{한물}부터 새로운 물때가 시작된다.

바닷물의 썰물과 밀물의 유동은 달^月과 태양의 기조력 관계로 조류의 흐름이 다르다. 밀물과 썰물의 높낮이 정도와 빠르고 늦고의 유속은 음력 날짜에 맞춰져 있다. 해녀들은 날짜마다 물 이름을 붙여 오랜 세월 대를 이어 불러 오고 있다. 며칠이면 몇 물인지, 또 만조와 간조의 시간과 정도를 꿰뚫고 있어 시간 맞춰 물질을 오간다.

해녀들끼리 소통하는 바닷물의 써고 들고의 말들은 단순하다. 예컨대, 물때, 물찌^{물거리}, 조금, 사리^{웨살}라는 말은, 조류의 흐름을 날짜와 기간에 따라 구분하고 소통하는 말이다. 처음 접하는 사람들은 사전에 나온 설명도 애매모호해서 아리송할 것이다. 어촌 사람들은 기본적으로 알고 있어야 할 말이며 날짜다. 물때를 알면 조류의 흐름을 빨리 알 수 있다.

물때의 물 이름과 날짜

우도 해녀들이 부르는 '물때'의 물 이름과 날짜를 살펴보자. 한 달에 두 번의 물찌의 주기가 있어, 하나의 물 이름이 한 달에 두 번 들어간다. '흔물(음력 9일, 24일)', '두물(음력 10일, 25일)', '서물(세물 : 음력 11일, 26일)', '너물(네물 : 음력 12일, 27일)', '다섯물(음력 13일, 28일)', 'ㅇ섯물(여섯물 : 음력 14일, 29일)', '일곱물(음력 15일, 30일 : 마지막 날이 29일인 경우는 여섯일곱물이라 한다. 초하루가 여덟물이기 때문이다.)', 'ㅇ덥물(여덟물 : 음력 16일, 다음 달 음력 1일)', '아홉물(음력 17일, 2일)', '열물(음력 18일, 3일)', '열흔물(음력 19일, 4일)', '열두물(음력 20일, 5일)', '막물(음력 21일, 6일)', '아끈쳬기(조금 : 음력 22일, 7일)', '한쳬기(한조금 : 음력 23일, 8일)'이다. 음력 한 달을 주기로 날짜의 물때를 정교하게 맞췄다.

보름물찌 그믐물찌

'물찌'는 음력 한 달을 두 주기로 초하루, 보름을 전후하여, '보름물찌', '그믐물찌'로 나뉜다. 이때의 '물찌'를 '물거리'라고도 부른다. '보름물찌'는 음력 9일부터 23일까지, '그믐물찌'는 음력 24일부터 익월 8일까지다. 달이 크든 작든, 보름 일곱물, 초하루 여덟물이다.

'조금'과 '사리웨살'는 각 '물찌'의 조류의 흐름을 말한다. '조금'은 조류의 흐름도 느리고 밀물과 썰물 차가 심하지 않은 물때 기간을, '사리^{웨살}' 는 그 반대로 물살이 세고 수위 차도 큰 기간을 가리킨다. '조금'은 음력 7일부터 12일, 22일부터 27일까지 두 차례이고, '사리^{웨살}'는 음력 13일부터 21일, 28일부터 익월 6일까지 두 차례다.

해녀들이 물질하는 물때

해녀들의 물질하는 물때는 '한줴기^(8일, 23일)'부터 '일곱물^(15일, 29·30일)'까지다. 조금 기간에 작업 날짜가 많다. 조금에는 오전 작업이 대부분이다. 사리^{웨살} 때는 늦은 오후 시간에 물이 써서 작업 시간이 짧다. 해녀들의 작업 일수는 한 달에 15일 이내다. 그마저도 날씨가 좋아야 한다. 작업하기 좋은 물때에 날씨가 궂으면 때로는 한 물찌 작업을 못할 때도 있다.

예나 지금이나 해녀들은 물때를 놓치면 그날 하루는 공치는 날이다. 밭일을 하다가도 물때가 되면 하던 일손을 놓고 물질부터 하고 와서 일을 한다. 작업 시간 몇 시간에 생계가 달려 있어 물질이 우선이다. 직업인의 소명 의식과 다를 바 없다. 옛날 '소중이' 입고 작업할 땐 조금이나 사리 때를 가리지 않고 작업을 했었다. 이는 물때가 좋아도 물에서 오래 견뎌야 한 시간 정도였으니 가능한 일이었다.

삼월 보름, 칠월 보름

일 년 중 물이 가장 많이 써는 날은 삼월 보름이고, 가장 많이 드는 날은 칠월 보름 백중百衆날이다. 옛날 우도에선 삼월 보름날은 너나없이 '송동이'를 허리에 차고 '바룻잡이'를 하던 모습이 눈에 선하다. 오죽하면 우도에서 '백주에 도둑질은 삼월 보름날'이라 했을까. 칠월 백중날은 밤에 알몸으로 콩밭에 누워 뒹굴고 바닷물에 멱을 감으면 부스럼이 나지 않는다 하였다. 또 소 명절이라고 목동들도 쉬게 했다. 목동들이 음식을 장만하고 밝은 달 아래서 정성을 들이던 모습도 아련하다.

우도 해녀들의 물 이름과 물때

물 이름	물때(날짜)		작업 여부	비 고
	보름물찌	그믐물찌		
흔물(한물)	9	24	작업하는 날	조금
두물	10	25		
서물(세물)	11	26		
너물(네물)	12	27		
다섯물	13	28		사리(웨살)
오섯물(여섯물)	14	29		
일곱물	15	30		
오덥물(여덟물)	16	1	작업하지 않는 날	
아홉물	17	2		
열물	18	3		
열흔물(열한물)	19	4		
열두물	20	5		
막물	21	6		
아끈줴기(조금)	22	7		조금
한줴기(한조금)	23	8	작업하는 날	

해녀의 미래

해녀의 미래는 물질로 먹고살 수 있느냐 없느냐에 달려 있다. 모든 직업이 다 같다 할지 모르지만, 해녀란 직업은 바다 속에서 무호흡 상태로 일하는 직업이라 유다른 면이 있다. 특히 요즘같이 고학력시대에 행복만을 지향하는 세대들은, 물질이 원시적이고 힘든 작업이라 하여 직업으로 선택하지 않을 것이다.

해녀, 무정년·무자본의 직업

해녀들은 아직 '물건만 종전 같으면 힘들어도 이만한 직업도 흔치 않다' 한다. 물때에 맞춰 몇 시간 작업하면 된다. 물질은 정년이 없는, 자유분방한, 자본이 들지 않는, 소득이 노력에 비례하는 직업이다. 그래서 물질을 '호강에 겨운 재주'라고도 한다. 그러면서도 다시 태어난다면 해녀라는 직업은 선택하지 않겠다고 하니, 물질은 그만치 험난하다는 의미일 것이다.

해녀 처우 개선의 필요성

해녀의 지속적인 보존을 위해서는 수익과 복지, 처우 개선이 보장돼야 한다. 바깥에서 옷을 갈아입고 불을 쬐고 언 몸을 녹였던 '불턱'이 따뜻하고 미관상 깔끔한 편의시설로 바뀌는 겉모습의 변화도 중요하지만, 그런 것이 열악한 삶의 노후대책일 수는 없다. 직업인으로 인정하고 근로자와 동등한 대우를 하는 재해보상이 필요하다. 이러기 위해서는 엄격한 자격증 제도를 마련하여 상시 물질하는 해녀를 구분할 필요가 있다. 조합원이라고 아무나 혜택을 누리고자 하는 것은 잘못이다. 사라질 위기의 문화유산이란 소리만 요란한 것 같아 안타까울 따름이다. 장수 해녀에 대한 예우도 필요하다는 생각이다. 예컨대, 50~60년 이상 물질을 한 해녀들에겐 또 다른 예우의 방법은 없는 것인지?

요즘은 직업이 다양해서 위험하고 힘든 물질을 하면서 생계를 유지 하겠다는 사람은 없는 것 같다. 하지만 할망해녀들로서는 당시에 선택의 여지가 없었을 것이다. 그렇다고 예전처럼 바닷속 물건이 많은 것도 아니다. 이젠 몇천 원 벌기도 힘들다고 한숨짓는다.

주인의식이 사라진 바다

바다는 해녀의 일터다. 일터에 일거리가 점점 사라지고 있다. 일거리가 많아도 힘들다고 떠날 판인데, 일터에 일거리가 없는데 누가 일하려 하겠는가. 바다는 우리의 보고다. 아껴 잡고 잘 관리하고 보존한다면 먹고 사는 데는 걱정이 없을 일터이다. 삶의 터전이자 아끼고 가꾸어야 할 바다가, 요즘은 주인의식이 사라진 곳이 되어버렸다. 사유 재산이 아니라는 이유로 나 몰라라 하고 방치하는 것 같아 안타깝다. 지금이라도 적극적인 관리가 필요하다. 돈이 드는 것도 아니다. 의식과 실천이 필요할 뿐이다.

해녀나 어부의 일거리는 신이 내린 최고의 선물을 캐고 잡는 작업이다. 캐지 말아야 할 물건은 캐지 말고, 잡아서는 안 될 물건은 잡지 않는 기본을 우리 모두가 지켜야 한다. 종자마저도 눈에 보이는 것은 다 잡고 캐고 있으니 일터가 황폐화될 수밖에 없다. 농사꾼은 굶어 죽어도 종자는 베고 죽는다 했다. 바다의 것은 씨를 말린다는 말이 오죽한 소리인가. 캐고 잡는 것만이 능사라 여기는 것은 자업자득의 결과로 돌아올 수밖에 없을 것이다.

해녀 보존 – 일터가 보장되어야

잡고 캐면 얻는 바다밭. 바다밭을 위해 무엇을 했는가 한 번쯤 생각해 볼 문제다. 주인의식이 없으면 바다 농사의 미래도 없다. 캐고 잡을 줄만 아는 해녀들, 바다의 물건은 어느 한 순간에 얻어지는 게 아니라는 인식이 중요하다. 보존되어야 하는 최초의 여성 직업인 해녀가 점차 사라지는 것을 제주 전통문화의 위기이자 재앙으로 여겨야 할 것이다. 해녀의 미래가 불투명한 것은 해녀가 사라져서가 아니라 해녀의 일터가 보장되지 않는 데 있다.

5. 해녀 아내

물러서거나 좌절하지 않은 해녀,
척박하고 절박한 여건과 바다 환경으로 인해 더 강인한 해녀들,
그녀들은 지식으로 살기보다 지혜로 산다.

물질을 가기 전 준비하는 필자 아내의 모습

내 말만 들어라

해녀들은 적자 인생을 살지 않는다. 그렇다고 일확천금의 졸부가 될 수도 없다. 바다는 치열한 삶의 현장이다. 물질 기량에 따라 해산물을 많이 잡고 적게 잡느냐의 차이가 갈릴 뿐이다. 어쩌다 횡재하는 날이면 왕마드레 전복 하나 더 잡는 것이 고작이다. 해녀가 물질하다 죽었다는 말은 들었어도, 망했다는 이야기는 들어본 적이 없다. 이야기인즉 죽기 아니면 살기라는 말이다.

해녀, 홀로서기 끝장 인생

부여잡은 물질로 적게는 네댓, 많게는 일고여덟 식구를 먹여 살렸으니 이보다 더한 가장은 없을 것이다. 오죽하면 돈벌이로 바쳐진 몸이라 했겠는가. 어렸을 적부터 보고 배운 것은 격랑의 바다밭에서 홀로서기 하는 물질이다. 해녀들이야말로 끝장 인생이다. '물춤정조(停潮) 시의 썰물'에 나가 물질하고, 물들어 작업 마쳐 뭍으로 난다. 허기진 배를 움켜잡고 물 따라 바람 따라 들고 나는 고달픈 일상이다.

알 수 없는 천 길 물속, 삶과 죽음이 교차되는 곳, 숨이 목까지 차올라야 바닥을 치고 솟아오른다. 거센 비바람, 몰아치는 눈보라, 살갗이 에이고 뼈가 시린 겨울 바닷물 속, 휘어 감도는 물살, 격랑의 파도, 변화무쌍한 바다 날씨에 요행이란 있을 수 없다. 단 한 번의 실수라도 하는 날이면 죽음으로 치닫는다. 생과 사를 넘나들며 사는 해녀들이다. 찰나의 순간을 사는 초인적 인간이라 해도 과언이 아니다. 치열하다 못해 절박하고 모질게 살아야만 한다.

뭍과 물을 넘나들며 일인 다역으로 사는 해녀. 더불어 사는 사회를 만들면서도 물에서는 개인의 역량이며 기량에 따라 천차만별이다. 욕심을 내다가는 목숨을 잃는 곳이 바다다. 그래도 안 할 수 없는 게 물질이다. 누가 하라 마라 시키는 사람도 막는 사람도 없다.

해녀들 간의 위계질서

물질 작업에도 철저한 위계질서가 있다. 너 죽고 나 살자 하다간 둘 다 죽는다. 물에서 일정한 거리를 유지해야 하는 것도 안전을 위해서다. 물건이 많다고 다른 사람의 작업 장소로 고의적으로 들어가선 안 된다. 작업에 몰입하지 못하게 하는 것과 다를 바 없다. 마음이나 정신이 흐트러지면 그 날은 허탕을 치는 날이다. 바다에선 뭐라 말하지 않지만 '불턱'에서는 성토 대상이 되니, 요즘 말로 왕따가 된다. 해녀들만의 도덕과 위계질서다. 목숨을 걸 만큼 절박한 작업 환경인데 이런 위계질서가 지켜지지 않으면 목숨을 유지하기가 어렵다. 물속 숨빔질은 중도 포기가 없다. 억세고 강해야 살아남는다. 최후의 순간까지도 스스로 해결해야 한다.

바다 같은 성깔, 억척스러운 생활력

물과 뭍, 공과 사가 분명한 해녀들이니 타협이란 없다. 남의 행운이 나에게 올 것이라 생각지도 않지만 샘내지도 않는다. 불행에 두려워하지 않고 산다. 살라 하면 살 것이고 죽으라 하면 죽을 것이란 배짱으로 살아간다. 사는 것도 복이요, 죽는 것도 복이라 여긴다. 이웃 마을에 불행이 닥쳐도 내 마을 일이 아니면 그만이다. 물질 노동으로 살기 위해선 도리가 없다. 집안일 처리도 주관적이다. 물질 잘하는 상군 해녀일수록 주관적이고 주장이 강하다. 바다와 같은 성깔, 기분에 내키지 않으면 입안의 것도 뱉어 내는 성미다. 여성이라기보다 해녀만의 뚝심이다.

물러서거나 좌절하지 않은 해녀, 척박하고 절박한 여건과 바다 환경으로 인해 더 강인한 해녀들, 그네들은 지식으로 살기보다 지혜로 산다. 교양이나 지식, 문화나 예절 따위의 인문학적 소양은 큰 학교에서 배운 사람들에게나 통하는 고급스러운 낱말이다. 현실을 사는 데는 어느 누구보다도 탁월한 지혜로 살아간다. 이상보다 현실에 부딪치면 된다는 사고다.

언젠가 육지에서 제주 며느리를 둔 어르신과 이야기할 기회가 있었다. 제주 여성들의 강직하고 억척스러운 면에는 충격과 감동이 공존한다 했다. 투박한 말투, 다소곳하지 않고 살갑지 않지만 생활력은 강하다는 뜻이었다. 어떤 역경에도 스스로 해결하는 제주의 여장부들이다.

나 말만 들으민 손해 볼 거 어실 거여

나는 지금도 아내와 좌충우돌한다. 여태껏 해녀로 살아온 아내다. 또한 해녀로 살아갈 여자다. 바닷속과 같은 아내의 마음을 헤아린다면서도 욱할 때는 멍하다. 해녀 물질은 캄캄한 바닷물 속 추측과 가늠으로 한다. 생사가 경각에 달린 바닷속 삶이 일상이다 보니, 뭍에서 목숨을 걸 만치 절박할 게 뭐 있겠느냐는 심사다. 남의 말을 듣기보다, 내 말만 들어라 한다. 해녀의 리더십은 상대가 어떻게 생각하든 알 바 아니라는 식으로 직설적이고 저돌적이다. 판단을 잘못했거나 실수를 해도 마음으로 미안해하지, 겉으로 표현하지 않는 해녀들이다. 이따금 아내의 실수에도 자기 생각이 짧았다는 말을 들어 본 적이 없다. 물질로 적자 인생이거나 망한 삶은 살지 않았기에 본인의 주장이 완강할 때는 별도리가 없다. "나 말만 들으민 손해 볼 거 어실 거여.내 말만 들으면 손해 볼 것 없을 거야." 하듯.

물질 갈 때랑 어지르지 마라

하루 일과의 시작은 아침이다. 직장인들도 아침에 집을 나설 때 몸 상태에 따라 그날의 운세를 가늠한다. 기분 좋아서 손해 볼 일은 없을 것이다. 특히 위험 직종에 종사하는 근로자나 기술직들은 잠을 설쳤거나 몸이 개운치 않으면 종일 심기가 불편하다. 출근할 때 가족들의 상쾌한 말 한마디가 종일 기분을 좌우한다.

왜 하필 아침 밥상머리에서

아내는 바다에 갈 준비를 다 해 놓은 상태에서 아침 밥상머리에 앉는다. 며칠 쉬었다 첫 물질이다. 간밤에 읽은 소설 이야기를 했다. 주인공이 해녀이기에 시작과 끝부분을 이야기하는데, 아내는 듣다 말고 기분 나쁘다며 먹던 수저를 상 위에 툭 내동댕이치고 일어서 버렸다. 순간 아차 싶었다. "소설 이야기일 뿐인데." 하는데도 소용이 없었다.

이야기인즉 상군인 해녀 주인공이 바다에서 물질을 하다 죽는다는 내

용이 심기를 건드린 것이다. 물질을 마치고 저녁 밥상머리였으면 괜찮았을 텐데 하는 생각이 들었다. 왜 하필이면 아침이냐는 격이다. 소설 이야기라고 다시금 말했지만 반응은 더 냉랭했다.

물질 가는 날 아침이면

해녀들도 물질 가는 날이면 아침을 설렌다. 자기 컨디션을 관리한다. 가족이나 남들하고 말다툼도 조심한다. 낌새가 좋은 날은 물숨이 나는 날이고 좋지 않은 날은 재수 없는 날이다. 물질 가는 날은 어지르지 말라는 말이다. 그날의 소득과 직결되며 생과 사의 갈림길인 것이다. 재수 없는 말이나 기분 나쁜 말, 싸움이나 말다툼, 심지어는 동네에서 입방아에 오르내리는 사람과 부딪칠까 조바심하며 집을 나선다.

해녀 남편의 조바심, 조심

그런 줄 알면서도 아차 실수로 심기를 어지르게 했으니 어쩌나 싶었다. 심적 갈등으로 물질에 집중이 안 되어 사고로 이어질 수 있음을 아는지라 불안하고 섬뜩하다. 아내가 귀가하기까지 안달이 난다. 생각만치 작업이 안 되었던지 시큰둥한 표정이다. 나는 그저 무사함에 안도했다.

해녀의 물질은 짧은 순간의 작업이다. 잡다한 생각을 하다 수면 위로 올라올 순간을 놓치면 큰 낭패다. 나는 미처 그 생각을 못하고, 우도에서 태어난 해녀를 소재로 한 소설이기에 책까지 읽어 보라고 베갯머리에 놓아두었다. 서너 달이 지난 지금도 그 책에는 눈길도 주지를 않고 있다. 반세기 가까이 해녀인 아내와 살면서, 안이한 생각에 미처 심리적인 것을 헤아리지 못했다. 그러면서 해녀를 안다는 게 부끄러웠다. 그 후 나는 아내가 물질 가는 날이면 관심을 갖고 심리적으로 기분이 상할 이야기는 조심하게 되었다. 해야 할 이야기도 작업을 마친 저녁 시간에 한다. 행여 좋지 않은 꿈이라도 꾸는 날은 조심하라, 명심하라고 채근한다.

해녀들에게는 예상치 못한 일들이 불쑥불쑥 일어난다. 물질 가는 날은 해녀의 심기를 어지르게 해서는 안 된다. 잡다한 생각은 금기 사항이기 때문이다.

소라 하나에도 목숨을 건다

농사일과 물질, 두 일 중 하나를 선택하라면 물질을 선택할 해녀들. 해녀들에게 바다는 일터며 직장이다. 매일은 아니지만 출퇴근 시간은 불규칙하다. '물춤'이 있어 그 시간을 맞춘다.

물춤과 돌런지

'물춤'이란 정조(停潮)를 말하는데, 바닷물이 만조 수위에서 썰물로 바뀌는 순간이다. 즉 물이 방향을 바꿔 돌 때를 '물춤' 또는 '초물'이라 한다. 해녀들은 이때를 놓치면 하루를 공치게 된다. 무슨 별일이 있어도 물질 갈 것이라면 물때를 명심한다.

해녀들은 '물춤', 곧 초물 썰물에 바다로 나가 물질하다가 '돌런지'가 되어 밀물이 시작하면 개인의 기량에 따라 작업을 마치고 들어온다. '돌런지' 물이란 같은 정조(停潮)인데도 '물춤'과 반대로 물이 썰물 간조에서 밀물로 바뀌어 돌 때를 말한다. 물참과 돌런지 때 썰물과 밀물이 교차하는 공간인 '물어름'에는 조류 흐름이 없어 이때가 물질하기가 가장 좋은 순간이다.

보름물찌, 그믐물찌

첫 물질 다음날부터는 20~30분씩 한 '물찌'가 끝날 때까지 늦어진다. '물찌'란 한 달에 두 물찌로 나뉘는데, '보름물찌'와 '그믐물찌'로 각각 15일씩이다. 29일이 그 달의 마지막 날이면 '그믐물찌'는 14일간이 되는 셈이다. 해녀들의 작업 일수는 한 물찌에 7~8일, 한 달이면 14~15일인 셈이다. 조금씩 늦어지는 이유는 무수기^{조차(潮差)}의 썰물과 밀물의 시간 차이 때문이다.

해녀들은 음력 날짜와 물때를 꿰뚫고 있다. 밭일을 하다가도 물때가 되면 모든 일 제쳐 두고 물질하러 간다. 뭍의 일은 잠깐 미룰 수 있지만, 바다일은 그럴 수 없다. '물참'을 놓치면 허사가 되기 때문이다.

아내가 물질 가는 날이면

아내가 물질 가는 날이면 될 수 있는 한 마중을 간다. 집에 있으면 더 불안하고 초초해 일에 몰입되지 않기도 하거니와 자꾸 바다를 쳐다보게 되고 시간과 밀물 수위를 가늠하게 된다. 해산물을 많이 잡고 적게 잡고는 문제가 아니다. 무사함을 비는 해녀 남편만이 느끼는 감정이 아닌가 싶다. 남들은 작업을 마쳐서 다 뭍으로 나는데 유독 아내만 나지 않으면

물질 마치고 나온 아내

긴장하게 된다. 특히 겨울인데도 겨울 날씨답지 않게 맑고 바다가 잔잔한 날이면 더 긴장이 되어 바다 날씨 예보에 민감하게 된다.

벌써 뭍에 나야 할 시간인데

그날도 1월 중순, 음력 12일 '너물^{너무날}'이었다. 해녀들에겐 물질하기 좋은 물때다. 썩 좋은 날씨는 아니지만 물질은 할 만한 날씨였다. 예보로는 늦은 오후에는 바람이 불고 바다 날씨가 좋지 않겠다고 한다. 예상할 수 없는 게 바다 날씨라 아침 밥상머리에서 먼바다로 나가지 말라고 이야기했다. 아내가 알아서 하겠다기에 더 이상 대꾸하지는 않았다. 늦은 오후가 되면서 예보에 맞추기라도 하듯 바람도 불고 바다도 거칠어지기 시작했다. 다행스럽게도 그때는 해녀들이 뭍으로 날 시간이었다. 절반 이상의 해녀들이 났는데 아내를 비롯해 몇 명의 해녀는 나지 않았다. 찰랑이는 물결 때문에, 갯가에서는 아직 뭍으로 나지 않은 해녀들의 테왁이나 사람 모습이 보이지 않았다. 물때나 시간으로 봐서는 벌써 나야 할 시간이었다. 그나마 혼자가 아니어서 걱정은 덜했지만 초초했다. 나지 않은 해녀들은 대부분 물질을 잘하는 상군들이었다. 다른 해녀들이 작업 마친 지 한 시간이 다 되어가는 데도 아내는 보이지 않았다. 초초했던 마음이 걱정으로 변한다. 차를 타고 해안도로를 따라 한참을 가 봤지만 보이지 않았다. 어디쯤에 있는가를 확인하기 위해서다. 바람은 더 거세지는 것 같았다. 당황하고 긴장해선지 내 눈엔 보이지 않는데, 곁에 있는 사람들이 먼저 보고는 저 멀리 해녀 몇 명이 보인다기에 가리키는 먼바다 쪽을 봤다. 거친 바람과 물결로 테왁은 보이지 않고 검은 사람 머리 모양만 찰랑이는 물결에 보였다 안보였다 했다. 나야 할 갯가 장소까지 헤엄쳐 가려면 맞바람과 '맞절앞에서 불어오는 바람과 물결'로 힘겨울 것 같았다. 이웃 마을이라 그곳으로 날 것 같지는 않았다.

확인하고 돌아온 시간이 한참인데도 보이지 않기는 마찬가지다. 날씨는 시간이 지날수록 더 춥고 더 궂어졌다. 금방 어두워질 텐데 조마조마했다. 다시 가 봤더니 이게 웬일인가, 당초 자리에서 얼마 오르지도 못하고 불과 백여 미터나 갔을까 할 정도다. 남아 있는 거리가 1~2킬로미터는 더 되는 것 같았다. 배라도 가서 태워 오지 않고는 밤이 되어야 할 판이다. 갑작스레 날씨가 궂고 물이 썰물로 도는 날에는 뭍으로 오기가 어려울 상황임에 분명했다. 입술이 마르고 입에서 단내도 났다.

아찔했던 기억

불현듯 1993년 12월 23일의 긴박했던 상황이 생각난다. 갑작스런 눈보라로 배가 출동해서 섬 전체가 비상이었다. 그때도 이 시간쯤이었는데 소형 어선들은 물론이고 헬리콥터도 운항이 어려울 정도였다. 문어잡이 배를 타고 해녀들을 태우러 나갔는데, 앞을 가늠하기조차 어렵고 선상에 서 있을 수 없을 정도로 몰아치는 눈보라와 파도로 바로 앞에서 헤엄치는 해녀도 식별을 못할 정도로 위험한 상황이었다. 대부분 구조되었지만, 멀리 나간 나이가 지긋한 상군 해녀는 12시간 넘게 사투 끝에 늦은 밤에야 외딴 갯바위에 날 수 있었다. 그 위험한 상황에도 침착함을 잃지 않고 조류의 흐름에 순응해서, '썰물에 떠밀렸으니 밀물에 다시 뭍으로 올 수 있다'는 노련한 물때의 산술적인 지혜를 발휘했기 망정이지, 그러지 않았더라면 위험을 극복하지 못했을 것이다. 잡은 소라도 버리지 않은 침착함에 놀랐다. 표류 중 배가 고파 소라를 깨서 먹었다 한다. 목숨을 걸고 잡은 소라였기에 차마 버리지 못했을 것이란 짐작을 하면서도 한편으로는 혼란스러웠다. 그 후 바다에서 식별하기 용이하게 야광 색 보자기로 테왁을 싼다. 요즘은 고무 모자와 옷에도 식별이 가능하도록 표식을 한다.

이 무슨 배짱인가

이날 몇몇 아직 뭍에 나지 않은 해녀들도, 섬 전체가 비상이 걸렸던 그날의 그 장소에서 작업을 마치고 돌아오는 물길이었다. 갑작스러운 눈보라라도 치는 날이면 그때 상황과 다를 바가 없었다. 다행히 조업을 나갔던 어선의 도움을 받을 수 있어서 모두 무사했다. 해는 이미 서산에 진 상태였다. 그 위험에도 잡은 소라는 놓지 않았다. 테왁은 거의 물에 잠겨 몸을 거기 의지하여 헤엄칠 수 없을 정도인데도, 물속으로 가라앉는 테왁망사리를 수면 위로 밀어 올리면서 헤엄치다니 숙련된 해녀가 아니고서는 할 수 없는 일이었다. 잡은 해산물을 조금이라도 버리지 않은 것은, 그 상황이 잡는 것만치 위험하지는 않았다는 징표다.

다른 해녀들은 뭍에 난 지 오래됐다며 '욕심내지 말고 좀 일찍 서둘지 그랬냐'고 했더니, 나 혼자냐며 '배가 마중오리라 믿었다'니 이 무슨 배짱인가. 해녀들에겐 포기할 수 없는 현실이다. 돈벌이 물질로 죽을 각오라면 이보다 더하고 어려운 일도 극복할 해녀들이다. 이런 상황 때문에 마중이 필요하다는 생각도 들었다.

일찍 난 해녀들은 집에 가서 저녁을 먹고 텔레비전 앞에 앉았을 시간, 아내는 늦은 시간이지만 아무렇지도 않은 것처럼 일상으로 돌아간다. 나로서는 고문이나 다름없는, 심장이 쿵쾅거렸던 시간이었다. 아내를 바라보는 내 마음은 왠지 서글펐다.

해녀들의 자존심

마중 가서 느낀다. 해산물을 적게 잡은 해녀들은 마중을 부끄러워하는 자존을 본다. 그럴 때 해녀들은 물에서 테왁망사리를 어깨에 메고 얼굴도 마주하지 않고 올라와 버린다. 할망^{할머니}해녀가 아니면 싫어한다. 해녀들만의 보이지 않은 열등감이다. 잡은 해산물의 양으로 자기 기량을 가늠하는 해녀들. 많이 잡은 날은 힘이 있어 얼굴도 밝고, 못 잡은 날은 발걸음도 무겁고 창피해하는 여인들이다.

소라 하나 잡기가 얼마나 힘든 줄 아느냐

며칠 전 일이다. 아내는 힘겹게 작업을 마치고 무거운 테왁망사리를 메고 올라왔다. 아는 선배가 왔기에 소라 몇 개를 선물하려고 고르는데 손을 '툭' 치며 안 된다는 것이다. 요즘 소라 하나 잡기가 얼마나 힘든 줄 알기나 하느냐 한다. 평소엔 그러지 않았다. 그날은 적게 잡았으니 축내지 말라는 신호다. 해녀들은 돈 몇 푼은 선뜻 줄지 몰라도, 금방 캐낸 해산물은 덥석 주지 않는다.

언젠가 헛물 잡다한 해산물의 값을 정산하고 돌아와서는 오만 원권 몇 장을 건네면서 "마중 값"이라고 웃으며 농담을 하는 게 아닌가. 너스레를 떨었지만 육십 중반인 내자의 삶을 돌아보게 한다.

아내의 겨울 물질

뼛속까지 시린 겨울 물질은 위험하다. 예전 무명천 '소중이^{속옷}'를 입을 때의 겨울 물질은 갓물질이어서 40여 분을 넘기지 못했다. 요즘은 고무 옷을 입으면서 작업 시간도 길어지고, 한정된 구역에서 며칠 작업하고 나면 물건 또한 고갈되는 실정이다. 그러니 먼바다로 내몰리는 수밖에 없다. 먼바다는 옛날 같으면 뱃물질 작업 장소다. 멀리 나가지 못하는 하군 해녀들은 몇 시간의 '물거리 상거리^{빈손일 때와 잡았을 때}' 자맥질에 소라 몇 개가 고작이다.

상군들이 작업 장소까지 오가는 시간을 계산해 보았더니 40분 이상 걸린다. 왕복이면 두 시간 가까이 된다. 바람이나 물결이 앞에서 마주 칠 때는 가늠하기 어렵다. 물질 작업은 두어 시간 되나마나 한 시간이다.

혹독한 겨울 물질
해녀들에게 겨울 물질은 혹독한 작업이다. 물질이 힘들고 무서운 것보다 살을 에는 눈보라와 앞을 분간하기 어려우리만치 몰아치는 진눈깨비 때문이다. 먼바다로 나가 작업하다가 갑작스럽게 몰아치는 진눈깨비는 어디가 어딘지 분간할 수 없게 만든다. 경험이 풍부한 해녀들은 침착하게 대응하지만 처음 겪는 해녀들은 당황할 수밖에 없다. 이런 날씨 때문에 해녀들은 서로 눈에서 멀어지지 않고 작업 반경을 좁혀 작업한다. 그러다가도 갑작스러운 궂은 날씨에 당황할 때는 혼자 안절부절못해하다 탈진하고 만다. 배를 타고 나가 구조해야 하는 상황이 벌어지기도 하는 것이다. 이럴 때 가족들의 심정은 말로 표현할 수 없다. 입술이 마르고, 말이 더듬거리게 되고, 발이 시리고 손이 곱아도 등에서는 식은땀이 흘러내린다. 무사하게 돌아오면 '다시는 물질을 말자' 하다가도 '배운 게 그뿐인 것을' 하고 일상으로 돌아가 또다시 물질이다.

살을 에는 칼바람

아내는 오늘 아침도 문을 열고 바다 상황을 본다. 나는 물질 갈 날씨가 아니라 한다. 아내가 입버릇처럼 이야기하듯이, 동지섣달 추위도 추위지만 정이월 추위는 검은 암쇠 뿔 오그라든다 할 정도의 추위다. 우도의 갯가 칼바람은 매섭다 못해 살을 엔다. 아내는, 겨울에는 이런 날씨에라도 작업을 하지 않으면 작업할 날 없다며, 아침밥을 물에 말아 대충 먹는다. 밥상에는 찌개며 고기반찬이 있지만, 먹지 않고 내 앞으로 밀고는 손도 대지 않는다. 물에서 거꾸로 자맥질할 때 토하게 되기 때문이다. 혼자 꾸역꾸역 먹기가 미안해서 밥상머리를 같이하지 않으려 하지만 그럴 땐 아내도 굶기가 일쑤다. 조금이라도 허기진 배를 채워 주기 위해 밥상머리를 함께하는데, 오히려 아내가 나를 위해 같이 밥을 먹는다.

바다는 잔잔한데 이따금 스치는 먹구름은 진눈깨비다. 수평선에 휘날리는 물마루 끝자락 하얀 포말의 파도는, 진눈깨비에 휩쓸려 해무 같기도 하고 눈보라 같기도 하다. 순간순간 몰아치는 물보라는 나를 불안하게 한다.

개선장군이 따로 없다

작업 마쳐 돌아올 때는 개선장군이 따로 없다. 추위보다 살아 돌아왔다는 것만으로 안도할 뿐이다. 그 순간 추위는 잠깐 잊는다. 바닷물 속은 따뜻하다지만 물 밖의 추위는 상상을 초월한다. 물에 젖은 맨살이 세찬 바람결에 스치면 어떻게 될 것인가 상상만 해도 몸이 오싹하다.

바다에서 삶을 캐는 해녀

문화생활 할 여가가 없다

섬의 영상문화는 열악하다. 우도에는 극장이 없다. 영화나 연극 공연을 보기 위해선 섬 밖으로 나가야 한다. 아내와 극장에 가서 영화를 구경한 것은 손가락으로 헤아릴 정도다.

섬의 열악한 영상 문화

초등학교 시절에는 이동 가설극장에서 영화를 구경했다. 학교 운동장이나 너른 잔디밭 광장에 나무 기둥을 세우고, 천막으로 울타리를 둘러 밖에서 볼 수 없게 해서 영화를 상영했다. 영상과 소리는 별개였다. 변사가 영화 화면을 보고 해설하며 관객을 울리고 웃겼다. 요즘으로 치면 성우다. 영화 상영도 발전기를 돌려서 했다. 당시 영화 선전도 무거운 배터리^{축전지}와 마이크 확성기를 등에 지고 마을마다 다니며 시네마스코프 영화라 홍보했다. 아이들도 신기하게 여겨 따라다녔다.

당시 시골에서 야간 구경거리란, 발전기 소리가 요란한 가설극장의 영

우도 해식동굴 음악제

화, 호롱불이나 호야불 밑에서 청년들이 하는 연극, 학생들의 학예회 등이 있었을 뿐이다.

짓궂은 개구쟁이들은 감시의 눈을 피해 천막 밑으로 구멍치기 하다가 들켜 매를 맞고 쫓겨나기도 하고, 사람을 잘 만나면 매 몇 대 맞고 구경을 하고 나오기도 했다. 출입구에서 입장료를 받는 기도는 대단한 끗발이었다. 스포츠머리에 선글라스까지 꼈으니.

전기가 들어오고 텔레비전이 나오면서 TV는 주부들의 안방극장이 된 셈이다. 영화관에서의 영화 구경은 더 멀어지게 되었다. 나이가 들어서 젊은이들 눈치도 그렇고, 영화관에 처음 간 사람은 도우미가 없으면 지정석 찾기조차 쉽지 않았다.

영화관에 가려면 하루 날을 잡아야

우도에선 영화관에 가려면 날 잡고 제주시에 가야 한다. 해녀들도 큰맘 먹고 가야 한다. 육지 사람들 같았으면 언제라도 맘만 먹으면 시간을 쪼개서 취미 생활을 즐기고 다시 일상으로 돌아갈 수 있을 것을, 우도에선 잠깐의 섬 밖 볼일도 하루 날을 잡아야 하는 실정이다.

더욱이 바다밭 물질을 하는 해녀들은, 부득이한 경우가 아니면 물질 작업 때에는 섬 밖으로 나가지 않으려 한다. 아무 때나 늘 할 수 있는 작업이 아니어서이다. 보름이면 일고여드레 물질 작업하고, 노는 며칠은 밭일, 집안일, 개인의 사사로운 일로 겨를이 없다. 뒤돌아볼 시간 없이 사는 게 해녀들의 일상이다. 영화 구경을 하겠다고, 해야 할 일을 뒤로 미루지는 않는다. 우도 해녀들에게 그런 여가는 없다. 시간이 된다 해도 혼자 영화 구경하기 위해 제주시까지 가서 하루 일정을 보낸다는 것은 용납하지 않는 해녀들이다. 해녀들에겐 '오늘 못하면 내일 하지'라는 게 없다. 한가하게 자기 개발을 위하여 하는 문화생활은 호사로 생각하는 해녀들이다. 바다의 물때를 놓치면 그날은 공치는 날이 되기에 해녀들에게 허투루 쓸 시간은 없다. 그래서 아내도 해야 할 일을 미루면 강짜를 부리고 그 일이 끝날 때까지 구시렁거린다.

영화 감상을 좋아하는 아내

아내는 영화 감상을 좋아하는 편이다. 텔레비전에 나오는 좋은 영화는 밤잠을 설치며 혼자 본다. 화제가 되는 영화는 극장에 가서 봤으면 한다. '국제시장'도 매스컴에서 화제작이라 하며 관람객 수를 방송할 때마다, 상영이 종료되기 전에 봤으면 하는 말을 여러 번 했다. 아내 혼자는 안 갈 게 뻔해서 고민 중이었다.

그날도 물질 작업 기간인데, 갑작스레 아침에 궂은 해상 날씨로 작업을 못하게 되었다. 또한 아내는 3~4일 후 병원 진료가 예약된 상태였다. 당초 진료 예약일도 작업 기간 중이어서, 작업을 하다 도선 시간에 맞춰 도중에 중단하고 나가야 할 상황이었다. 궂은 날씨라 어차피 작업은 못하게 되었고, 또 며칠 사이에 두 번이나 공칠 수도 없어 겸사겸사 당일 야간 진

료로 일정을 앞당겨 예약했다. 아내가 보고 싶어 하는 영화 때문이기도
하다. 이 기회를 놓치면 아내는 아쉬워할 게 뻔하다. 내가 더 미안할 것
같아 '국제시장'을 함께 보았다.

우리 이 정도면 잘 살았지

힘들고 어려웠던 시절, 희망과 좌절, 그리고 용기….

'그래도 살았으니까'라는 말은 해녀들이 해야 할 말이다.

영화관을 나오면서 "우리 이 정도면 잘 살았지."라 말한다. 그 말이 자
식들을 다 성장시킨 해녀 할망들의 벅찬 감동의 소리로 들린다.

다음 날 작업을 하기 위해 꼭두새벽부터 길을 서두르는 아내와 동행하
여 우도로 돌아왔다. 도착하자마자 아침밥도 굶은 채 부리나케 일터로 나
가는 아내의 뒷모습에 그저 마음이 착잡하고 울적해진다.

아내의 손발

해녀의 살갗은 늘 검게 그을려 있다. 갯가 생활이 다 그렇듯, 여름엔 땡볕 겨울엔 살갗을 에는 세찬 설한 갯바람에 그대로 노출되는 물질이 직업이라, 사시장철 피부를 보호하고 관리하며 호사스러운 삶을 살 겨를이 없다.

여자에게 피부는 미美의 척도인데

여자들에게 피부는 미를 상징하는 척도라 해도 과언이 아닐 것이다. 도시 여자들은 일상의 바깥나들이에도 햇볕에 얼굴이 그을리고 피부가 상할까 봐, 노출된 피부에 화장을 하고 자외선 차단제를 덧칠하고 감싼다. 피부를 보호하고 가꾸는 화장품도 다양하다. 요즘은 피부 관리 전문 업체가 있어 주기적으로 돈을 주고 관리를 받는 시대다. 그 비용도 만만치 않아 피부 관리마저도 돈 없으면 못하는 차별이 있는 세상이다.

피부에 좋다면, 먹는 과일이며 채소, 우유, 심지어는 머드^{개흙}까지 붙이고 바르고 덧칠해서 피부를 부드럽게 하고, 화장도 여러 단계를 거쳐 공을 들인다. 그 옛날 가족 중에 외항선을 타는 사람이 있는 집에선, 귀국할 때 동동구루무^{크림} 선물에 고마워했던 때가 엊그제 같은데…….

바닷물이 피부병에 만병통치라 여겼던 시절

어렸을 적 피부병의 추억도 새롭다. 몸에 난 두드러기 같은 피부병은 뜨끈뜨끈한 소금물을 수건에 적셔 문지르면 낫곤 했는데, 따가워서 고통스러웠던 모습이 눈에 아른거린다. 여름엔 으레 갯가 땡볕에 헐렁한 팬티만 입고 물놀이를 하느라 얼굴이며 등이 햇볕에 타서 껍질이 몇 차례 벗겨지고 나면, 피부도 탄탄해져서 겨울 나는데 걱정이 없었다. 웬만한 눈병은 바닷물 속에서 눈을 깜박이는 걸로 해결했던 추억도 생각난다. 바닷물이 피부병에 만병통치라고 여겼던 시절, 요즘 의학 상식으론 납득이 가지 않지만 당시로서는 최선의 선택이었다. 어린이들 아토피성 피부라는 말을 그 시절엔 들어본 적이 없는 것 같다.

해녀들의 피부 관리?

환경과 여건에 적응해야 하는 해녀들에게 피부는 관리라 할 것도 없다. 작업 시엔 늘 물에 담가 있어서, 물에 분 피부 상처 때문에 약을 바르고 치료해야 한다. 얼굴엔 크림이나 로션을 바르는 게 고작이다. 어지간한 뙤약볕에 피부 손상은 당연시하고 산다. 햇볕이 지나치게 뜨겁다 싶을 땐 찬물에 수건을 적셔 얼굴을 덮는 정도다. 여린 여자의 피부라 하기엔 너무나 거칠고 강하다. 손발을 제외한, 몸의 어지간한 피부병은 짜디짠 바닷물에 견뎌낼 수가 없다. 해녀들에게 햇볕으로 인한 피부 손상이나 알레르기성 피부병으로 앓는다는 말은 들어본 적이 없다.

손발이 마를 날이 없는 아내

물질 마치고 온 아내를 보면 내 마음은 천근만근이다. 피부를 보호해야 할 각질이나 손발톱은 물에 불어 기능을 상실해 손을 대면 벗겨지고 잡아당기면 금방이라도 뽑힐 것 같다. 밥상머리에 마주 앉아 맛있는 진수성찬을 대해도, 좀 뜨겁거나 매콤한 음식은 속살을 드러낸 입술과 혀 때문에 정상으로 돌아오기까지 먹지를 못한다. 삶의 고달픔에 덩달아 고생하는 피부다. 몸보다 몇 배 더 부지런해야 살아가는 해녀의 손발. 필생의 생존을 위해 피부야 어찌되든 사지가 멀쩡함에 감사해한다. 시간이 있어 호사스럽게 피부를 마사지하고 손발톱 다듬으면서 형형색색 매니큐어 바르고 미를 가꾸는 것은 상상도 할 수 없는 생활이다.

평소에도 아내는 손발톱이 성할 날이 없다. 약을 바르고 먹지 않으면 안 된다. 손발이 마를 날이 없다. 물질할 땐 바닷물에, 뭍의 일엔 고무장갑과 장화를 장시간 착용하고 있으니 견뎌낼 재간이 없다. 손발을 보호한다기보다 절로 병을 얻는다 해도, 아내는 약을 바르면 된다며 막무가내다. 손톱은 늘 쪼개져 있고, 발톱은 쪼개지다 못해 빠져있어 새 발톱이 솟을 때까지 약을 바르지 않으면 안 된다. 손발마디는 기형이 된 지 오래다. 육체노동이 다 그렇듯 살갗이 거칠고 강하지 않으면 견뎌낼 수가 없다.

　손발이 놀면 입이 굶는다

　군데군데 굳은살과 마디마다 굵은 옹이가 오랜 세월 삶의 질곡을 말해준다. 거친 손발이 겹칠 때마다 안쓰럽고 마음이 아프다. 자식 며느리들이 사다 주는 로션, 썬크림 하나에 고맙다, 고맙다 하는 아내. '손발이 놀면 입이 굶는다'는 아내의 한마디엔, 배우지 못한 한恨 때문에 손발이 고생한다는 묵시적 감정이 배어 있어 마음이 착잡하다.

아내의 식사

50~60년대의 우리의 식탁은 이루 말할 수 없이 빈약했었다. 시골에서 밥 세 끼 먹는다는 것은 상상도 할 수 없었던 시절이었다. 보릿고개, 구황 식품이란 말들은 그 당시를 연상케 하는 말들이기도 하다. 맛과 영양가보다 곯은 배를 채우는 게 우선이었으니 말이다. 특히나 춘궁기에 먹을 양식이 떨어지면 육지에선 피죽을 끓여 먹었다지만, 우도에선 해초를 뜯어다 쌀에 섞어 밥을 지어 먹었던 적빈赤貧 시절이었다. 그땐 잘 먹고 잘살아 보자는 것도 꿈과 희망이었지만 배불리 밥 한번 먹어 봤으면 하는 바람으로 살았다.

오죽하면 배 나온 사람을 부러워했을까… 격세지감

심지어 네댓 차례 도정搗精하는 쌀보리의 마지막 도정한 쌀겨로 '상왜떡 기주떡'을 만들어 먹었고, 쑥을 버무려 지금의 호떡 모양의 '개떡'을 만들어 주전부리로 먹기도 했다. 점심엔 'ㅈ베기수제비'를 만들어 먹기도 했었다.

쑥을 버무렸던 것은 맛도 맛이지만 가루의 질감 때문이기도 했다. 지금은 사료용으로나 쓴다. 오죽하면 얼굴이 통통하게 살진 사람이 예쁜 사람이었고, 배가 불룩하게 나온 사람을 부러워했을까.

기아로 허덕여 보지 않은 요즘 아이들은 모른다. 라면 운운하며 왜 그렇게 살았느냐 의아해 하지만, 지금 자신들이 누리는 삶이 당시 선조들의 인내와 노력에 기반을 두고 있음을 잊어서는 안 될 것이다.

요즘은 비만과 운동부족으로 건강을 걱정하고, 먹다 남은 음식물을 처리하는데 수십조 원의 비용이 들고 있으니 격세지감이 아닐 수 없다.

아내의 식사, 해녀들의 식사

아내의 식사는 해녀들의 식사라고 표현하는 게 옳을 것 같다. 해녀들의 아침식사는 물질 작업 여부에 달려 있다. 또한 물질 작업이 오전이냐 오후냐에 따라 아침밥을 배불리 먹고 안 먹고를 한다. 작업이 오전일 경우는 점심은 생각지도 않는다.

오전 작업 물때일 경우는 될 수 있는 한 빨리 아침을 먹는다. 소화를 시켜야 하기 때문이다. 가볍게 된장국이나 물에 밥을 말아 먹는데 평소보다 오래 씹는다. 그리고 고기 종류나 지방질 또는 딱딱해서 소화가 빨리 되지 않는 음식은 먹지 않는다. 물질 갈 것을 예상하지 않고 먹었다간 자맥질을 하면서 물숨이 나지 않아 토하기도 하고 체증으로 곤혹을 치른다. 때론 위험하기까지 해서 하던 작업을 중단하기도 한다.

안쓰러운 밥상, 굶는 게 다반사

오전 작업 시, 아내와의 아침 밥상머리는 안쓰럽다. 그래도 같이 먹지 않으면 아내는 굶는 게 다반사다. 그나마 오후 작업 물때일 경우는 아침은 가볍게 먹는 편이다.

작업 마쳐 집에 오면 일고여덟 시간 동안 물 한 모금도 먹지 않은 탈진에 탈진을 거듭한 상태지만, 몸에 밴 일상이 되어서 별스럽게 여기지 않는 것이 오히려 안쓰럽다. 고생했다는 위로의 말이라도 걸면 그날 잡은 해산물이 생각만치나 되면 반응이 괜찮은데, 그렇지 못할 경우는 아침을 먹고 간 것을 탓하면서 꿍얼꿍얼한다.

챙겨줄 가족도 없는 경우엔

공복에 허겁지겁 먹는 밥이 위에 얼마나 부담이 될까 하는 생각이다. 당장에 곯은 배를 부드러운 음식으로 채워야 함에도 그럴 겨를이 없다. 그나마 밥이라도 챙겨 먹을 여건은 가족이 있는 경우다. 가족이 없는 홀몸일 경우는 고단한 몸 쉬는 게 우선이니 작업 도구를 내팽개치고 잠부터 잔다. 위장병이 안 나려야 안 날 수가 없는 현실이다. 위장약과 두통약을 달고 사는 것도 이 때문이다.

습관 들이기 나름이지? 모르는 소리 작작 하라!

언젠가 아내더러 육체노동은 밥심으로 하는 건데 밥 먹는 건 습관 들이기 나름이지 않으냐고 했더니, 모르는 소리 작작 하라며 툭 쏘았다. 그 후로 내가 할 수 있는 것은 작업 마쳐 집에 오면 따뜻한 물이나 견과류 차를 챙겨 주는 게 고작이다. 식사 시간이 불규칙할 뿐만 아니라 먹는 양도 일정치 않아서 절로 병이 날 수 밖에 없다.

해녀들은 살찔 겨를도 없지만 살찌면 몸이 둔해서 자맥질 하는데 여간 불편한 게 아니란다. 체력의 한계를 견디다 못해 영양제 주사를 습관적으로 맞는다. 특히나 즈문 날을 앞두고는 몸을 보호하고 영양을 보충하는 게 필수라는 생각 때문에 습관성이 된 것이다. 먹는 보양식으로 보충하면 어떠냐고 하면 잘 돌아가는 기계의 기름과 비교한다. 사람과 기계와 비교할 사안이 아니라 하면, 왜 걱정이냐며 시큰둥해 한다. 저만의 탓이냐는 눈치인 것 같아 마음이 울컥하다.

섬에서의 응급실

정초부터 아내의 갑작스러운 통증으로 당황했다. 이따금 어지럼증은 있지만 어지간해선 아프다 하지 않는 편이다. 그날도 물질 작업이 오전 시간이어서 아침을 먹는 둥 마는 둥 했다. 물질 전에 준비해야 할 일이 있다며 일찍 작업 도구를 챙겨 놓았기에 자동차로 태워다 줬다.

작업을 마치고 집에 온 시간은 오후 5시 반경이다. 부엌일을 하다 말고 배가 아프다며 못 견뎌 했다. 아침밥도 대충 시늉만 했던지라, 작업 마치고 몇 수저 먹은 음식 때문이 아니면 장 꼬임 때문인가 했다. 상비약을 먹었지만 아무런 소용이 없었다.

도선은 끊기고, 해는 지고

바깥으로 나갈 도선은 끊긴 시간, 보건소에 가서 응급조치를 했지만 소용이 없었다. 해는 서산에 진 상태다. 겨울이어서 일찍 어둠이 깔리고 하늘엔 먹구름이 껴 금방이라도 궂어질 듯한 날씨다. 늦은 밤까지 낫지 않고 아픔이 지속될 경우를 생각하니 머릿속이 혼미해졌다. 언젠가 한밤중에 겪었던 빈사 상태를 연상케 했다.

밤이 깊어지기 전에 섬 밖으로 나가는 게 우선이다. 우도에서 가장 가까운 구좌읍 종달포구까지 고깃배로 십여 분인데 그 시간이 얼마나 길게 느껴지던지 환자는 통증을 호소하고 애가 바싹 탔다. 고깃배 선상에서 작은아들에게 전화로 어머니 상황을 전하면서 섬을 바라보다 그만 울컥했다. 대해의 어둠 속에서 섬은 을씨년스러웠다. 아내를 부여잡고 이런 상황이 다시 없으리란 보장은 없으니 이제 섬을 떠났으면 하는 생각뿐이었다. 배의 속력으로 파도가 덮치고 흔들렸지만 뭍을 동경할 뿐이었다.

바다 건너 바로 성산일출봉이 보이지만 섬살이는 때론 지척도 멀다

고깃배로 구급차로… 병원까지 세 시간이나

고깃배 선주이며 선장인 후배는 경험이 있어서인지 이미 119 구급차까지 연락해 놓고 있었다. 종달포구에 도착하자마자 구급차로 제주시 병원으로 출발했다. 아내는 중간 어디에 병원이 없느냐며 못 견뎌 했다. 먹은 것도 별로 없는데 속이 매슥거리는지 스스로 손가락을 입에 넣고 구토도 했다. 해녀의 경험에서 비롯된 강한 기질이 아니고서는 상상할 수 없는 조치란 생각이 들었다. 교차로에 잠깐 차가 멈추면 구급차도 멈춰 서느냐고 강짜를 부리며 고통을 호소했다.

구급차는 오십여 분 만에 종합병원 응급실에 도착했다. 아픔을 호소하기 시작해서 병원까지 소요 시간이 세 시간이 넘었다. 이번엔 다행히 순조롭게 조치했지만, 만일 생명에 촌각을 다투는 위급한 병이었다면 살 수 있는 골든타임을 놓치고 말았을 것이다. 이것이 섬사람들의 가장 큰 애로 사항이다. 요즘은 그래도 이런 위급한 상황을 대비해서 해양 경찰 보트, 고깃배, 119 구급차, 상황에 따라선 구급 헬기까지 대기해 있다. 하지만 아무리 최첨단 장비를 준비해 두었어도, 풍랑 특보와 기상 악화로 배나 헬기가 뜰 수 없는 불가피한 상황일 때 섬의 취약성은 어쩔 도리가 없다. 속수무책으로 죽음을 맞이할 수밖에 없는 게 섬사람들의 슬픔이다.

섬의 비애 - 날씨의 도움이 의사보다 더 큰 변수

아내의 병은 요로결석이었다. 경험해 본 환자들에 의하면 아파 보지 않은 사람은 모른다며, 통증이 올 때는 차라리 죽는 게 편하다는 생각이 든다는 것이었다. 초저녁이어서 서두른 게 다행이었다.

섬사람들은 뭐니 뭐니 해도 위급 상황엔 시간도 시간이지만, 날씨가 의사의 진료보다 우선이란 생각이 들었다. 이번에도 날씨의 도움으로 빨리 섬을 탈출한 것이다. 준비된 시스템에 더하여 일사천리로 도와준 사람들에게 감사할 따름이다.

아내의 연말정산

사람들은 해녀의 수입이 얼마나 될까 궁금해 한다. 아내는 육십 중반의 나이다. 50년 넘게 물질을 하고 있다. 해녀들은 그 기량에 따라 상군, 중군, 하군으로 나뉘는데, 아내는 상군 즉 '상줌녀'에 속한다. 평균 작업 일수는 한 달에 보름 남짓이지만, 궂은 날씨와 마을 일이나 집안일로 작업을 못하는 날을 빼면 1년에 100여 일에 지나지 않는다. 그렇다고 나머지 기간에 다른 일을 할 수 있는 것도 아니다.

아내의 연봉은 2천여만 원

모르는 사람들은 해녀들 수입이 많을 것이라 여긴다.

아내의 수입에 대해서 몇 년 동안 꼼꼼하게 기록해 봤다. 굴곡이 심한 해녀들의 수입과 비교할 바는 아니지만, 아내의 연봉은 2천여만 원이었다. 공짜를 빼면 그에 미치지 못한다. 물질로 2천여만 원 넘는 수입은 흔치 않다. 작업한 날짜로 산술한다면 괜찮은 수입이라 할지 모르지만, 50

여 년 한 우물을 판 장인으로서는 만족할 만한 연봉은 아니다.

소득원이 되는 해산물은 주로 우뭇가사리, 소라, 성게다. 그 밖에 해삼, 문어, 오분자기는 돈으로 치면 백여만 원이 되지 않는다. 전복은 이제 그 이름조차 생소할 정도로 가뭄이다. 해가 거듭될수록 고갈돼 가는 해산물. 얼마 안 있어 자연산 전복과 오분자기 등 몇몇 해산물은 그림에서나 볼 수 있게 되지 않을까 걱정이다. 그나마 패류의 수입은 소라에 한정되어 있어 아내의 소득도 소라가 반을 차지한다.

해녀 소득의 변수 – 작황, 가격, 작업 일수

들쑥날쑥한 소득의 변화는 작황과 가격, 작업 일수에 달려 있다. 작황이 풍작일 때는 가격이 별로이고, 가격이 좋을 땐 작황이 좋지 않은 게 다반사다. 시기를 놓쳐서는 안 되는 우뭇가사리는 작업 기간이 두 달 남짓이나 실제로 작업할 수 있는 날은 30일을 넘지 않는다. 작업 일수가 한 달 미만이거나 보름도 안 되는 물건들도 많다. 시기를 다투는 물건들은 우뭇가사리, 미역, 톳, 계관초, 고장풀 등 대부분 해조류들이다. 그 밖의 물건들은 '헛물질'로 잡는 것인데, 최근에는 소라, 성게가 주종을 이룬다. 성게는 보름 정도 공동으로 작업하지만 개인 소득이다. 금채를 했다 허채된 물건은 일정 기간이 지나면 부수적으로 잡는데 그에 따른 부수입이 많은 해녀들도 꽤 된다.

물질 하는 아내의 모습

노후 보장은커녕…

돌이켜보면 젊었을 때 당장 끼니에 매이지 않았더라면, 다른 기술을 배웠어도 그 기간이면 노후는 보장되었을 것이다. 아내는 50년 물질로 망가진 몸인데도 정년이 없는 해녀 생활이 좋다 한다. 더 이상 선택의 여지가 없으니 현실에 만족하는 것일 게다.

근로자나 공인エ人들은 근속 연수에 따라 급여도 오르고 복지가 보장되지만, 해녀들은 그날그날의 수입에 의존해 살아간다. 덤으로 챙길 수 있는 보너스가 있는 것도 아니다. 위험 직종이라 노후 보장은커녕 보험 가입마저 차별을 받는다. 그나마 요즘은 물질하다 돌아가시면 장례비 정도

는 지원을 받는다. 조합원이나 어촌계원이 아니면 이 혜택마저도 없다. 나이 90인 연로하신 해녀들도 물질을 하기 위해선 어촌계원으로 남아 있어야 하니 원로의 예우를 보장받을 수는 없는 것인가?

없어도 없다 않는 자존심

자기 분수를 아는 해녀들. 남에게 피해 주지 않고, 자식들에게 손 내밀지 않고, 적은 수입으로나마 자식들 교육시키고 야무지게 가정을 꾸려 왔다. 그들은 없어도 없다 하지 않는 자존심 하나로 살아간다. 정산할 게 뭐 있느냐 하면서도 여든까지는 거뜬하게 할 것이라 말하는 아내다. 나이테처럼 한 해 한 해 늘어가는 나이에 보장된 노후는 없지만 "여든까지는 거뜬하게 할 것"이라는 아내의 건강한 말이 그저 고맙고 감사하다.

물질이 좋다는 아내

십대 초반부터 반세기 넘어 여태껏 한눈팔 시간적 여유도 없이 해녀로 살아온 아내다. 가난한 가정에 태어나 어린 나이에 식구들 생계와 동생들 학비까지 떠안았으니, 아내에게 자신의 삶은 없었다. 당장에 입에 풀칠하기 위한 돈벌이가 물질밖에 없었던 게 현실이었다. 어려운 가정 형편 때문에 또래에 비해 결혼도 좀 늦은 편이다.

끼니 걱정 없는 집에서 태어났더라면, 같은 고생이라도 바닷물에 목숨을 담보한 직업은 선택하지 않았을 것이다. 당시의 시대적 상황으론 우도에서 여자로 태어났기에 별도리가 없었다. 물질은 그날 작업하면 그날 돈이 되었기에 달리 선택의 여지가 없었다.

해녀 한 사람이 벌어서 네댓 식구 먹고살았으니

그때 처녀들이 선택할 수 있는 취업은 육지의 어망공장이나 봉제공장, 기술로는 미용이나 양장을 배우는 것이 전부였다. 섬에서 나고 자란 어린

젊은 시절의 아내

여자들이 집 떠나 산다는 것은 있을 수 없었다. 처녀들이 집에서 할 수 있는 일은 물질뿐이었다. 또한 해녀 수입은 어지간한 월급쟁이보다 나아서 해녀 한 사람이 벌어서 네댓 식구 먹고살았으니, 그 시절 딸 많은 집이 부자였던 것도 물질 덕분이었다. 춘궁기에 돈 없고 쌀 떨어지면 해녀 있는 집에서 빌리고 꾸었었다.

해녀질 하지 않으려고

그래도 처녀들은 해녀질을 하지 않으려고 물질해서 번 돈을 모아 미용 학원이나 양재 학원을 다녔지만, 금방 돈벌이가 되는 게 아니어서 중도 포기하고 결국 다시 쿡테왁 메고 바다로 발길을 돌리는 일이 허다했다. 아내 역시 그랬다. "시내에 몸 의지할 곳만 있었어도……." 하고 말을 잇지 못했다. 그렇지만 후회는 않는다는 아내다.

결혼 전 해녀들이 다 그렇듯, 아내 또한 결혼하면 해녀로 살지 않으리라 다짐했을 것이다. 하다못해 도시로 나가 봉제 공장에 일을 하더라도 사지장철 찬 바닷물 속에서 삶을 캐지는 않으리라 다짐했을 것이다. 결혼 또한 우도나 여느 갯가 마을에 시집가지는 않으리라 여겼을 것이다. 설마 우도남자와 결혼할 것이라고는 예상치 않았을 것이다. 운명의 장난처럼 우도에서 시집살이를 하게 됐고, 게다가 대가족 장남에게 시집와 맏며느리다. 그래도 우도를 떠나 살 거라 맘먹고 결혼했는데, 피치 못할 사정으로 결국 맏이가 볼모가 되어 여태껏 살고 있다.

이젠 천직인 양 당당하고 강한 아내

청춘의 꿈도, 젊음의 희망도 한번 펼쳐보지 못한 삶을 살아온 아내다. 고생하는 모습에 안쓰러워하면, 오히려 걱정하는 나를 위로하니 미안할 따름이다. 이젠 천직인 양 당당한 모습에 내가 몸 둘 바를 모른다. 늘 긍정의 생각과 행동으로 고달픔을 모르고 살아가는 강한 아내다.

이젠 바다에 가지 않는 날은 웬지 불안해 보이고 신경이 예민하다. 그렇다. 아내는 말로는 '지긋지긋한 바다'라 하면서도 물질이라면 눈이 번쩍인다. 자나 깨나 바다만 생각하는 아내. 이제 그만할 만도 한데 해녀가 정년이 어디 있느냐며 즐거워한다.

아내는 물일로 가정을 일궜고 자식들 남부럽지 않게 키웠으니 이보다 부자가 없다 한다. 해녀였기에 가능했다며, 죽을 때까지 할 수 있어서 좋다며 즐겁고 행복해한다. 밭일을 하다가도 물때가 되면 바다가 우선이다. 집에서 복잡하고 신경 쓰이는 일도, 물질 다녀와서는 언제 그랬느냐는 표정이다. 어렸을 적 고생을 생각하면 아니다 싶은데, 이젠 물질을 그만두면 병이 생길 것 같다는 아내다. 배운 것이 물질 뿐인데 이제 나이 들어 물질을 포기하는 것은 삶을 포기하는 것과 같다 한다. 오늘도 물질이 좋다며 뿌듯해하는 아내다.

6. 사람살이

파릇파릇했던 나뭇잎이 꽃보다 아름다운 단풍잎으로 물들어가듯,
우리 인생의 계절은 지금 그쯤이 아닌가 싶습니다.

못 말리는 우리 어머니 1

어머니란 말은 생각만 해도 긴장되고 설렌다. 어머니는 내년이면 90세 인데 혼자 생활하신다. 평소 자식으로서 하는 일이라곤 드실 것을 챙겨 드 리고 가끔 들여다보는 정도다. 당신이 아무리 어렵고 힘들어도 자식들에 게 부담 주지 않으려는 어머니다. 자식이 아무리 나이가 들어도 어머니는 마냥 불안해하며 품 안의 자식으로 여긴다. 자식이 타박을 해도 귀엽게 여 기시는 어머니. 자식이니 그런 것 아니냐며, 누가 이 늙은이에게 타박하겠 냐 하는 어머니시다. 자식이 늙으신 어머니를 걱정한다 하지만, 어머니가 자식 걱정하는 것만 할까 여기시는 것 같다. '고집과 강짜로 내 이 나이까 지 산다.' 하시며, 자식에게 늘 당당한 모습만 보여주시는 어머니다.

늦은 오후 시간에 자식 집에 오실 땐

어머니가 늦은 오후 시간에 자식 집에 오실 땐 볼일이 있어서다. 그날 도 늦은 오후, 목요일이었다. 불편한 몸으로 지팡이를 짚고 오시다 지팡 이는 마당에 놓고 계단을 힘겹게 올라오셔서, 지갑에 돈을 내보이시며 머 리 아픈 데 먹는 약을 사다 달라 부탁하셨다. 어지간하게 아파서는 오시 지 않았을 어머니. 어디가 아프시냐고 물었다. 유모차를 의지해서 가다가 잠깐 쉬고 일어서려다 넘어져 머리가 돌담에 부딪쳤다는 것이다. 그게 엊그제란다. 그러고 보니 얼굴엔 상처와 부기도 있어 보였다. 긁힌 상처가 엊그제 상처가 아닌 것 같았다. 병원 진료라도 받았으면 하는 속내이신 눈친데, 자식이 뭐라 할까 봐 어머니는 머리 아픈 데 먹는 약만 사 달라고 강짜셨다. 진료가 우선인데 어째서 아픈 데 먹는 약을 먼저 찾으시냐 했더니, 별것 아니라며 약만 먹으면 괜찮아진다 했다. 어머니의 의중을 알아차리고, 아내가 물질할 때 먹는 두통약을 드렸다. 어머니는 약을 받아들고, 정말 머리 아픈 데 먹는 약인가 하고 의아한 표정이었다. 약을 들고 잠시 멍하니 서 있다 말없이 가시는 뒷모습이 측은하고 왠지 불안했다. 늘 어머니는 그러신다. 필요한 것이 있거나 몸이 불편하면 긍정도 부정도 아닌 애매모호한 뉘앙스의 말을 남기고 가신다. 혹여 자식에게 걱정을 끼치거나 부담이 될까 싶어 속을 다 드러내지 못하고 말을 아끼시는 거다. 대부분의 어머니들의 속내가 아닌가 싶다. 뭍으로 나갈 도항선이 끊긴 시간이었다.

네가 갈 것 같아 준비한다

속사정을 알고 보니, 십여 일 전 땅콩 이삭 주우러 갔다가 밭담을 넘다 밭담과 같이 넘어져서 머리를 다치신 것이다. 시일이 지났음에도 통증이 낫지 않으니 자식에게 왔던 것이다. 다친 부위가 하필 머리라 내심 불안하고 걱정이 됐다. 육지에 사는 딸에게도 전화로 아프다 했던 모양이다.

다음 날이 금요일. 금요일을 넘기면 토요일과 일요일은 종합병원 진료가 휴진이다. 아침에 어머니 상태가 어떤가 하고 가 봤다. 어머니는 밖에 나갈 준비를 하고 계셨다. 넌지시 반응을 떠보았다. 병원 안 가겠다 하시면서 밖에 나갈 준비는 왜 하셨냐 했더니, '네가 갈 것 같아 준비한다.' 하시는 어머니. 부석부석한 모습에 그만 애잔해지고 그간 애증의 감정을 절로 곱씹게 했다.

아무리 말리고 타박해도

어머니는 고관절이 골절돼 있어서 조심해야 함에도, 당신은 괜찮다며 몸을 아끼지 않고 절뚝거리면서 갯가로 밭으로 해초며 땅콩 이삭을 주우러 다니신다. 아무리 말리고 큰소리로 타박해도 소용없다. 때론 울컥한 감정을 내보여도 반응이 없다. 집에 있으면 뭐 하냐며 움직일 수 있으니 걱정 말라 하신다. 고집이 이만저만이 아니다.

이십여 일 전에도 땅콩 이삭 주우러 가신 걸 모시고 왔었다. 그때도 뭐라 했지만 내 하고 싶어 한다며 오히려 짜증이시다. 고관절 골절로 땅콩 이삭 줍는 일은 무리임에도 몰래몰래 다니시다 이 지경이 된 것이다. 그 일을 숨기려고 땅콩 이삭 줍다 다쳤다는 말은 안 하시다가 나중에야 바로 말하시는 어머니. 자식이 걱정할까 봐, 때가 되면 나을 거라 하시다가 오히려 병을 키운다. 고관절 골절 때도 그랬다. 호미로 막을 걸 가래로 막는다 했던가. 혹시 치매 증상인가 하는 생각도 들었다.

어쩌면 여생을 오줌주머니를 차야

　종합병원을 선택한 것은 검사겸사 이번 다친 곳뿐만 아니라 치매와 요실금 증상도 검사하기 위함이었다. 다행히 다친 곳은 괜찮다며 십여 일분 약 처방으로 끝났다. 치매도 초기이기는 하나 크게 염려될 증상은 아니라며 처방전을 받았다. 문제는 요실금이었다. 요실금은 몇 년 전 검진을 받았었다. 나이 든 여자들에게 흔한 증상이라 했다. 당시는 그렇게 심각하게 생각하지 않아서 몇 차례 약을 처방 받아 복용하는 걸로 넘겼었다. 그리고 일회용 기저귀를 사다 드렸었다. 일회용임에도 아껴 쓰고 심지어는 빨아서 재활용도 하셨다. 요즘은 요실금 팬티가 나와 있어 그걸로 사다 드리고 있다. 그런데 이번에 검사를 해 보니 요실금이 생각보다 심각한 상태였다. 오줌을 저장하는 방광이 위험 수위여서 더 이상의 기능이 불가능할 정도였다. 방광 속 오줌을 호스로 빼내는데 보통 사람의 네댓 배였다. 이런데도 통증이 없느냐 물었다. 통증을 느낄 상태는 이미 지났다는 진단이다. '신경인성방광'이란 생소한 병명이었다. 수술 기술도 없다 한다. 약으로 방광 기능을 회복시키는 방법 외에는 도리가 없는 병이란다. 여자들이 나이 들면 흔히 그럴 수 있다는데, 어쩌면 여생을 오줌주머니를 차고 생활해야 할 수도 있다며 일단 한 달간 경과를 지켜보자 했다. 어머니는 그날 호스가 연결된 오줌주머니를 차고 돌아오셨다. 생활하는데 불편은 감수해야 한다는 설명이었다.

　어머니 병이 요실금인 것을 몰랐을 땐, 어머니 곁에 있으면 지린내로

역겨워서, 목욕을 않는다고 타박도 했었다. 병인 것을 알고서부턴 왠지 쓸쓸한 마음이다. 이젠 면역도 됐다. 기저귀를 사다 드릴 때마다 부끄러워하는 모습은 영락없는 여자며 어머니다. 자식 앞에서 추한 모습을 보여주고 싶지 않은 자존, 오래갔으면 하는 바람이다.

의외의 대답… 매우 행복하다

무슨 검사인지를 아시는지 모르시는지, 치매 검진을 받을 땐 어머니 표정이 밝아 보였다. 평소에 주위에서 어머니가 치매 같다며 연세를 묻곤 해서 나도 한편으로 치매를 걱정했었다. 그럴 땐 어머니께 물어본다. 어머니는 있었던 일들을 기억하고 얘기하시며, 치매 같은 망신스런 소리 하지 말라 하신다. 어머니는 치매란 말에 예민한 반응을 보이신다.

'신경심리검사실'에서 치매 검사를 할 때, 묻는 말에 또박또박 대답하시는 것을 보고 속으로 조금 놀랐다. 말벗으로 생각하셨는지 말 걸어주기를 바라는 표정이었다. 나이 들어 말벗이 필요함을 다시금 느끼게 했다. 늙어 힘든 것은 가난이 아니라 외로움이란 생각이 들었다. 소일거리 찾아 갯가로 밭으로 다닌 게 아닌가 싶다. 뜻밖인 것은, 지금의 기분을 물었는데 의외로 매우 행복하다는 대답이었다. 지금 생활에 만족하고 행복하다며 환한 미소를 지으시는데, 오히려 이러시는 게 치매의 증상이 아닌가 싶어 혼란스러웠다. 자식들에게 짐이 되지 않으려는 것 같기도 해서 마음이 찡했다. 자식에게만은 한없이 약해도, 어머니는 강하고 위대한 존재다.

못 말리는 우리 어머니 2

어느 날 갑자기 어머니는 식음을 전폐하고 누워 계셨다. 어머니 나이 어느덧 90세다. 나이 들면 늙는 속도에 나이 숫자만큼 탄력이 붙는다 했던가. 강짜로 이 나이까지 살았다고 자랑 삼아 말씀하시는 어머니인데…, 고관절 골절로 절뚝절뚝 걷기 불편하신데도 아무렇지 않다며 혼자 생활해 오신 어머니인데…, 일이 있거나 몸이 아프면 지팡이나 유모차에 몸을 의지하고 와서 '내가 오래 살았지' 하시며 애매모호한 뉘앙스를 남기시는 어머니인데….

자식들 말을 들을 걸

몇 끼를 굶으셨는지 입맛이 없다 하시며 누워만 있었다. 예감이 심상치 않았다. 방에서 넘어졌는데 허리가 아프다 하셨다. 뭐라 할까 봐, 자식들 말을 들을 걸 하는 모습이 역력했다. 자식들 부담 주지 않으려고 작정을 한 것 같았다. 입맛이 없다는 것은 거짓말 같았다. 몸이 자유롭지 못해서인 것 같았다. 넌지시 말을 걸었다. 어머니는 하루도 거르지 않고 단식을 50여 일이나 하셨지 않았느냐 했더니, 단식·생식을 나만치 한 사람은 없을 거라 했다. 그렇다. 어머니는 종교 의식으로 생식을 네 번에 걸쳐 100일씩, 단식도 50일을 하신 분이다. 한번 시작하면 작정한 기한을 마칠 때까지 거르는 법이 없었다. 평소에도 몸이 좋지 않으시면 생식이나 단식을 5일 단위로 자주 하신다. 어지간한 배고픔은 견디려 하신다. 그런데 이번에는 허리를 다쳤으니 마음대로 움직일 수 없어서 부득이 그러시는 것 같았다.

예전 같지 않으신 어머니… 뾰족한 처방이 없다

어머니는 주기적으로 병원 진료를 받으신다. 병원 가려고 차를 타는데 예전 같지 않았다. 종전에는 편안한 뒷좌석에 앉으시라 하면 앞좌석이 좋다 하시며 앞자리를 고집했었다. 운전하는 자식을 쳐다보며 이야기를 주고받고 싶어서다. 이번엔 오래 앉아 있지 못하겠다 하시며 차에 오르기조차 힘겨워하시더니 내내 뒷좌석에 누워만 계셨다. 목적지까지 오가는데 묻는 말에만 대답할 뿐 말이 없으셨다.

진료 결과, 고관절과 척추가 폐쇄성이란 진단이었다. 노화 상태여서 더이상 악화되지 않았으면 한다는 주의와 경고였다. 앉거나 걸을 때는 보조기 착용이 유일한 방법이라며, 뾰족한 처방이 없다 한다.

그랬던 어머니가

며칠이 지났는데도 밥은 드시지 않고, 누워서 딸기와 포도 몇 알 삼키는 게 고작이다. 상태가 호전되지 않아 간병인이 있어야 했다. 누워만 있어야 하니, 혼자서는 볼일을 볼 수도 옷을 입을 수도 없었다. 작년까지만 해도 아들 앞에서 옷 갈아입기를 부끄러워하셨던 어머니다. 그랬던 어머니가 일을 보고 뒤처리도 않고 그냥 다니신다. 나도 처음엔 당황스러웠지만 몇 차례 겪고 나니 내 일의 일부가 된 것이다.

밥을 드시지 않은 지 십여 일이 넘은 상태다. 속병이 있는 것도 아니다. 앓는 기색도 없었다. 단지 몸을 뒤척일 때 허리를 아파하셨다. 물을 찾는 것 말고는 말씀도 없으셨다.

노인 장기요양시설로 모시기로

알츠하이머형 치매, 대퇴골과 척추의 폐쇄성 골절로 인한 거동 불편으로, 노인 장기요양시설 전문 간병인의 도움을 받는 것이 좋을 것 같아 장기요양 인정 신청을 해 놓았다. 요양 등급 판정이 결정되기까지는 기다려야 했다. 어머니도 요양시설 가는 것을 거부하시다가, 서울에서 동생이 내려와 요양시설 생활이 현실적인 선택이라 설명하는 걸 들으시고 나서야 승낙했다.

요양 등급 판정 결정 통보가 있기까지 걱정되는 것은, 쇠약해져 가는 어머니의 몸 상태였다. 병원에 가지 않겠다 하시는 것을 억지로 모시고 갔다. 다행인 것은, 노인들에게 쉽게 합병증을 일으킬 수 있는 혈압과 당뇨는 없었다. 탈수 상태가 심각해 링거액을 주사하고, 기약 없이 입원을 했다. 첫날은 약간의 죽을, 다음 날부터는 밥을 드시기 시작했다. 얼굴에 화색이 돌면서 정상을 찾았지만 허리 통증은 여전했다. 종합병원에서 장기 입원을 하려면 간병인이 필요하다 해서, 의사의 소견서를 받아 일반 요양병원으로 옮긴 후 요양 등급 결정 통보를 기다리기로 했다. 병원 입원 절차의 각종 서명을 하는데, 마음이 착잡하고 왠지 기분이 찝찝했다.

이곳이 어디냐

보호자 서명을 마치고 입원실에 들어서는 순간 깜짝 놀랐다. 처음 봐서인지 병을 치유하기 위한 병실이라기보다, 호스피스 병동 같은 느낌이 들어 가슴이 철렁했다. 느낌이 이상야릇했다. 탁 트인 병실에는 십여 명 남짓한 환자들이 있는데, 대개 도우미가 없으면 안 되는 연로하신 환자들이었다. 콧구멍에 호스를 연결한 환자, 소변주머니를 차고 있는 환자, 일어나지 못하고 누워만 있는 환자, 기저귀를 차고 있는 환자들 모습에 그만 숙연해졌다.

어머니의 공간은 출입구 우측 구석에 있는 침대였다. 병원 간병인들이 있어서 보호자가 필요치 않아서인지 침대 옆에 앉을 자리도 없었다.

어머니가 '이곳이 어디냐' 물었을 때 그만 눈시울을 붉히고 말았다. 어머니는 그제야 아셨는지 병원이냐며 덩달아 눈가가 촉촉해졌다. 자식 앞에서 눈시울을 붉히신 적이 없었던 어머니였다. 돌아서는 발걸음이 쉬 떨어지지 않았다. 자기 생활의 가면에 가려진 가증스러운 인간을 생각하게 하는 순간이었다.

요양시설

어머니는 종합병원, 요양병원을 거쳐 이제 요양시설에 입소했다. '장기 요양 등급 인정'을 받기까지는 6개월이 넘게 걸렸다. 몇 차례 등급 인정 신청을 했으나 '치료가 필요한 급성기 상태'로 장기 요양 대상이 아니라며, 일반인들은 잘 이해할 수 없는 생소한 이유로 그동안 등급 인정을 거부당하고 병원 생활을 할 수밖에 없었다.

90 고령의 어머니는 지금 집 가까이 있는 우도 요양시설에서 생활하신다. 어머니를 찾아뵐 때마다 효와 불효의 갈등에서 인생사 무상함과 허탈감을 느낀다.

해맑은 손녀의 모습.
"삶은 이렇게 이어진다."

손녀 입학식

"앞으로 나란히! 바로." 오랜만에 들어 보는 정겨운 구령이다.

큰아들 내외가 직장 때문에 짬을 낼 수 없다며, 나더러 대신 손녀를 데리고 초등학교 입학식에 참석해 달라는 부탁을 했다. 직장 때문이라는데 딱히 도리가 없기는 하나, 그래도 자식 입학식에 부모가 가야 맞지 않느냐는 말로 난색을 표했다. 게다가 며칠간 하교 때 학교에 가서 아이를 데려와야 한다는 것이다. 대머리에다 남아 있는 머리마저 허연 모습을 손녀가 창피해할 것 같아 좀 뭐하지만 거절했다. 아들 내외는 어렵사리 부탁을 하면서도, 한편으로는 첫딸 입학이라 자랑하고 싶은 속내도 있는 것 같았다.

아니나 다를까

아내도 같이 간다기에 덜 쑥스러울 것 같아 그렇다면 나도 좋다고 맞장구를 놓았다. 나는 자식 둘을 키우면서 유치원이나 초등학교 입학식에 참석한 기억이 없다. 자식을 위한 공식 모임이나 행사에는 대부분 아내가

6. 사람 살이

그 역할을 했다. 자식들 학부모 모임에 익숙지 않은 아비다. 아버지 품보다 엄마 품이 따뜻해 보이는 게 일반적이지 않은가.

　시간에 맞춰 좀 일찍 갔다. 아니나 다를까 나보다 나이가 많아 보이는 사람은 많지 않았다. 정문에는 많은 사람들로 부산했다. 유인물을 나눠주고 있었다. 선생님인가 했더니 과외를 받으라고 홍보물을 나눠주는 사람들이었다. 사교육에 허리가 휜다는 말이 실감 났다. 손녀 입학식의 기쁨보다는 고생을 먼저 생각하게 된다.

　이제 홀로서기 - "내가 할게요."

　입학식장은 학교 실내 체육관이었다. 밖의 날씨는 찬데 체육관 안은 사람들의 열기로 훈훈했다. 가지각색의 책가방을 어깨에 멘 어린이들은 이미 배정받은 반을 알고 있었는지 각자의 반 푯말 앞으로 모였다. 학년과 반과 이름이 쓰여 있는 이름표를 목에 걸고 서 있는 모습이 사뭇 귀엽고 예쁘다. 학교생활이 시작되는 첫날, 어린이들은 긴장이 되었는지 앞뒤를 살피기도 하고, 팔을 들고 장난치는 개구쟁이도 눈에 띄었다.

　교장 선생님의 첫 훈시는 "내가 할게요."를 가르치는 것이었고, 부모들은 "그래 네가 해 봐."라고 화답하는 것이 소통의 시작이었다. 이제 아이들은 홀로서기에 길들여져야 한다는 내용이었다. 6학년 선배들이 입학하는 후배에게 희망의 꽃 화분을 선물한다. 부모들은 자식 입학식 추억 만들기 사진을 찍느라 분주하다.

교실에는 담임 선생님이 아이들 맞을 준비를 해 놓고 있었다. 어린이가 지켜야 할 일, 부모가 도와줘야 할 일들을 설명하고 유인물도 나눠 주었다. 컴퓨터 영상물, 개인 사물함, 목에 걸려 있는 이름표…, 격세지감이 느껴진다.

학창시절 회상

60~70년대 입학식을 회상해 본다. 부모가 자식을 학교에까지 데려다 주고 데려오는 것을 본 적이 없는 것 같다. 한 집에 학생이 서너 명이 넘었으니, 자연히 형이나 누나들에 의해 입학했다. 책가방은커녕 보자기도 귀했다. 실내화라는 낱말은 사전에나 있었을 것이다. 겨울이면 널빤지 바닥에 양말도 없던 시절이니 동상으로 울기가 일쑤였다. 꿰매고 꿰맨 고무신을 잃어버릴까 봐 천으로 한 땀 한 땀 꿰매 만든 신발주머니는, 지금 생각하면 들고 다니는 사물함이었다. 구멍 난 한쪽 신발을, 달리기 선수들이 손에 바통을 잡듯 들고 다니던 친구도 생각난다. 윗옷 가슴 부위에 핀으로 매단 손수건과 몽당연필로 눌러써 붙인 양철 명찰이 인상적이었다. 비가 오거나 바람이 불면 떨어져 버리는 명찰이었다. 매단 손수건은 코를 닦기 위한 것인데, 가난과 콧물은 무슨 인연인지, 콧물은 왜 그리도 흘러내렸던지…. 손등이나 소맷자락으로 콧물을 닦았으니, 소맷자락은 기름 먹은 듯 반들반들했던 모습도 눈에 선하다.

손녀의 입학식을 보며 지난 추억을 되돌아본다. 요즘 아이들은 추억이 없이 희망과 목표만 지향하는 것 같아 아쉽다.

선거

선거처럼 말 많고 탈 많은 인간사도 흔치 않을 것이다. 서로 헐뜯고 비방하고 상대의 약점을 볼모로 삼는 모습들이 낯 뜨거울 때가 있다. 비교할 바는 아니지만, 언젠가 초등학교 1학년 손녀가 급장을 뽑는데 손녀도 후보자였단다. 자기가 자기를 뽑아서는 안 된다면서 친구 이름을 썼다는 순박한 모습이 깜찍하게 느껴졌다. 어른들이 입으로만 부르짖는 공명선거와 모순된 현실을 곱씹게 했다.

부끄럽고 안타까운 어른들의 선거

어른들의 선거는 수단과 방법을 가리지 않는 사생결단의 대결이다. 선의의 경쟁이라기보다는 무기만 들지 않았을 뿐 전쟁이라 해도 과언이 아니다. 가까웠던 사이도 멀어지고, 멀어졌던 사이도 가까워지는 인간관계의 간사함과 비열함을 본다. 먼저 자신의 자질과 능력, 도덕성을 살피기보다는 나보다 못한 남들도 하는데 난들 못할 바 없다는 식으로 너도 나도 뛰어드니, 마치 숭어가 뛰니까 망둥이도 덩달아 뛰는 격이다. 유권자들도 후보자들의 도덕성과 자질, 정책과 공약은 안중에도 없고, 그가 어느 지역 출신이고, 학교는 어디서 나왔으며, 나와의 관계는 어떤가부터 저울질하고 지지 여부를 결정하니 후보자들만 탓할 문제는 아니다. 그야말로 오십보백보요, 도긴개긴이다. 자기 사람 만들고 당선만 되면 그만이란 식의 선거 운동, 자기 소신은 없고 경쟁자의 흠집 홍보가 선거 전략이 되어 버린 현실이 안타깝다. 선거판이야말로 아니 땐 굴뚝에도 연기가 나고 기기괴괴한 유언비어가 난무하는 복마전이다. 일단 이기고 보자는 열정으로 거짓말을 일삼고, 당선이 된다 해도 지키지 못할 약속으로 권한에 벗어난 공약을 남발하는 걸 볼 때면 자격과 자질을 가늠하게 된다. 성숙된 선거 운동이 아쉽다.

혼란스럽고 아리송했던 기억

내가 겪었던 선거 중 몇 번의 선거는 아리송한 선거였다.

그중 하나는 70년대 초 군대에서 했던 국민투표였다. '찬성/반대' 투표였는데 허술한 기표소 보안 때문에 성향을 의심받았던 병사도 있었다.

지방자치단체의 두 번의 선거도, 내용만 다를 뿐 선택은 찬반투표와 유사했다. 시·군을 광역권으로 통합하느냐 마느냐 하는 선거 2006년 점진안/혁신안와, 행정수장 주민소환을 하느냐 마느냐 하는 선거 2009년 찬성/반대였다. 한 리더의 두 얼굴을 봤다.

6. 사람 살이

내가 혼란스러웠던 건 권리의 이분법적 호소력이었다. 국민의 소중한 권리인 투표권을 포기해서는 안 된다는 호소와, 다른 한편으로는 투표 포기도 권리라며 유권자들에게 투표 기권을 종용하는 운동이었다. 국민을 대표할 일꾼을 뽑기보다는 미리 정해진 안을 놓고 찬반의 선택을 강요하는 게 개탄스러웠다. 투표자 수가 총 유권자 수의 1/3을 넘느냐 넘지 않느냐에 따라 개표를 하느냐 마느냐가 갈렸는데, 이런 선거는 처음이라 당황스러웠다. 평소에 유권자는 투표를 할 수 있는 권리와 더불어 투표를 해야 하는 의무를 가지며, 개표 결과에 순응하는 게 민주주의 선거라고만 여겨왔던 나로서는 멍하지 않을 수가 없었다. 어차피 정수 미달로 인해 개표를 못 할 거라는 식으로 투표 기권을 조장하거나 정당화하는 모양새는 탐탁지 않았다.

유권자의 권리냐, 포기 권리냐

법 논리의 해석에 뭐라 할 바는 아니지만, 유권자의 '권리'와 '포기 권리'란 낱말의 의미를 곱씹게 했다. 유권자라면 당당하게 투표권을 행사하는 것이 당연하다 여겨 왔던 나로서는 '포기 권리'란 말이 이해되지 않았다. 심지어는 알 만한 지식인들이나 공인公人들도 소신이 아닌 신변의 눈치에 따라 부화뇌동하니, 민주주의와 양심에 따른 선택의 자유보다 소속된 조직과 진영의 이해관계를 앞세우는 것이 안타까울 따름이었다. 그 과정에서 서민들의 목소리는 메아리 없는 외침일 뿐이었다. 내 편이 아니라고 낙인찍는 세상, 승자와 패자 가릴 것 없이 추한 모습을 보이고야 마는 민주주의 선거 축제에 실망스러웠다.

나도 두 번의 경선을 치르면서 발품을 팔았던 기억이 새롭다.

유명과 무명

　해녀를 주제로 졸작 수필을 발간했다. 기대와 설렘으로 자식을 얻은 기분이다. 품에 안아보기도 하고 입맞춤도 했다. 책 발간이 처음도 아닌데 기분은 처음이나 별반 다르지 않게 늘 새롭다. 수필집으로는 처음이다. 내 책이 서점 한 귀퉁이에 꽂혀 팔린다는 생각에 들뜬 마음이었다. 기대는 반신반의하면서도 '그래도 아는 지인들은 사지 않을까? 문학이란 장르 때문에라기보다 평소 알고 지내는 인간관계로….' 혼자서 북 치고 장구 치고 했다.

　책 알레르기… 냉랭한 반응
　독자의 반응은 냉랭했다. 친하게 지내는 외우畏友의 말이 생각난다. '책은 보기 위한 게 아니라 읽기 위한 것'이란 말. 책 읽기를 싫어하는 사람들은 책 알레르기 같은 반응이었다. 무상으로 줘도 읽지 않을 책인데 돈을 주고 사겠느냐는 식이다. 외면하는 방법도 가지가지다. '난 책 읽을 시간 없어…, 수필집은 아니야…, 생각나면 사서 볼게…, 해녀가 뭐 자랑거리라고…, 아내가 해녀인 것이 창피하지도 않아…, 안 읽어도 다 아는 것을….' 가까운 이웃들과 지인들에게 외면받는 기분이다. 가족들의 반응도 덤덤한 표정들이다.

표지의 해녀를 보는 시각도 사람마다 달랐다. 초췌한 모습을 애잔하게 보는 사람이 있는가 하면, 몇몇 해녀들은 마치 자신의 아픔을 보는 것 같아 눈길조차 주지 않으려 했다. 한편 진짜 삶 그대로의 모습 같아 생동감이 있다는 찬사도 아끼지 않았다. 감상은 독자의 몫이다.

마음이 쩡하기도

책을 사는 사람들은 해녀와는 관계없지만 공적이나 사적으로 우의를 돈독히 하며 지내던 지인들이며 친구들이다. 그 외에 관심을 갖는 이들은

전작 수필집 『내 아내는 해녀입니다』

6. 사람 살이

가족 중에 해녀가 있었거나 지금 해녀 가족이 있는 사람들이다. 개중에 해녀 직업을 신비롭게 여기는 사람도 있었고, 해녀 아내를 둔 남편으로서 남이 겪지 못할 인고의 삶을 살고 있다는 데 대해 격려와 조언을 해 주는 이들도 있었다. 해녀살이를 경험했거나 아는 사람들은 책을 통해 옛 추억을 되돌아보게 되었다는 독자들도 있었다. 어머니가 생각난다며 목이 잠긴 전화 통화에 마음이 찡하기도 했다.

　책은 돈 내고 사서 읽는 것
　책을 내고 만감이 교차되는 순간이 한두 번이 아니다. 기쁨과 충만, 허탈과 방황, 감사와 고마움…, 무명작가들의 마음을 헤아려 보게 된다. 책을 그냥 받는 게 당연한 문화인 양 달라 해 놓고 책값은 모르쇠를 잡는 게 마음 허전하다. 책은 돈을 주고 사서 읽는 것이다.

학벌

학력이 출세와 성공의 잣대였을 때다. 지금도 아니라고 말하기는 어렵다. 사교육이란 말은 들어보지도 못했고 오로지 학교 공교육만이 전부라 여기던 시절도 있었다. 70~80년대 이전의 우리네 아버지 어머니들은 학력이라 할 것도 없었다. 시골은 더 그랬다. 일제 강점기와 6·25전쟁으로 나라가 어찌 될지 모르는 상황에 배움이란 그저 꿈일 뿐이었다. 지금 생각해도 모든 것이 불안한 정국이었다.

중졸이면 취업이 보장되던 시절

그 후 동네에서 글을 아는 사람들이 농한기인 겨울밤에 몇몇 아이들을 모아 한글을 터득하게 하는 게 고작이었다. 자식들은 부모 학력란에 대부분 '무학' 또는 '국민학교 중퇴'나 '국졸'로 썼던 기억이 난다. 중학교 이상의 졸업은 취업이 보장되는 확인 증명서나 다름이 없었다. 공납금 몇 푼이 없어서 다니던 학교를 중단하거나 쫓겨나는 사례는 비일비재했다.

없는 서러움은 그때나 지금이나 마찬가지다. 사교육이 심한 지금이 더한 지도 모르겠다. 그 시절엔 대부분 못살았으니 딱히 누구랄 것도 없었다.

자식 교육만은 죽기 살기로

당시만 해도 남아 선호 사상이 강하여 같은 상황이면 딸보다 아들이 우선이었다. 시골에서 여자가 학교에 진학한다 하면 '집안 망할 일이 있느냐'는 시선으로 봤으니 얼마나 여자를 차별하던 시절인가. 반세기도 채 되지 않았는데 아주 먼 옛날 오래된 이야기 같다. 당시 부모들은 당장 내일의 운명이 어찌 되든 끼니를 굶더라도 자식^{아들} 교육만은 죽기 살기로 시켰다. 그야말로 목숨을 걸고 가르쳤다. 배고픈 서러움과 배우지 못한 한을 자식에게만은 대물림하지 않으려는 노력이 지금 우리의 경제 발전에 이바지하지 않았나 하는 생각이다.

자식의 적성보다는 대학 간판을 위해

당시 부모들의 자식 교육 욕구는 자식의 적성보다는, 고생 덜하고 먹고 사는데 걱정 없는 대학 간판이 우선이었다. 공부할 학생 본인이 진로를 선택하기보다 부모에게 학교와 전공 선택을 강요당하였다. 당사자가 하기 싫은 전공이라 해도 별도리가 없었다. 지금은 어떤가? 먹고사는 것이 해결되니 인간답게 살면서 각자의 재능을 길러 주는 교육이 우선이다. 사회가 필요로 하는 전문성도 중요하지만 본인이 즐겁고 재미있게 자기 능력을 개발하도록 돕는 것이 더 미래를 내다보는 교육이 아닌가 싶다. 명문대에 대한 맹목적 선망을 버리고 개개인의 소질과 재능을 꽃피우는 교육이었으면 하는 바람이다. 실력과 능력보다 학벌을 예우하는 세태는 이제 미래의 백년대계와 맞지 않는 것 같다.

내가 초등학교를 졸업할 때만 해도 졸업생 60여 명 중에 중학교에 진학한 학생은 20여 명에 그쳤다. 그중 고등학교에 진학한 학생은 열 명도 채 되지 않았다. 동기 중에 대학 진학은 한 사람에 불과했다. 대학에 들어가기도 어려웠지만, 공부를 잘하는 학생들도 경제적으로 어렵다 보니 차마 엄두를 낼 수가 없었다. 지금은 최저 학력이 전문대학이라 해도 지나치지 않을 것이다. 교육이야말로 '백년대계'가 아닌가.

내가 공부를 좀 했더라면

내 가족의 학력을 보자. 나는 실업계 고등학교, 아내는 초등학교, 자식과 며느리들은 대학교와 대학원을 졸업했다. 내가 공부를 좀 했더라면 아버지가 선생이어서 어렵더라도 대학까지 공부는 시켰을 것이다. 60~70년대만 해도 대학 입학은 상당히 어려웠다. 대학을 들어가기 위해서는 대학 입학시험보다 어려운 관문인 '예비고사' 제도가 있었다. 당시 예비고사는 '합격/불합격'을 가름하는 시험이어서 지금의 대학수학능력시험 제도와는 차이가 있었다. 대학 입학이나 졸업은 출세와 성공의 보증서나 다름이 없었다.

자식들 공부시키고 결혼시킨 후, 나이 들어 몇 차례 전문대학 입학원서를 썼다 접었다 했었다. 학력과 지식, 인성과 인격, 교육과 교양, 윤리와 도덕, 앎과 지혜, 삶의 현실과 생활, 리더와 책임……, 환갑이 넘은 나이에 학력증서의 의미를 되새겨 보았던 것이다. 아내는 배움에 나이가 무슨 대수냐며 하라 하지만 그럴 때마다 아내에게 미안한 마음이 든다. 우도라는 섬의 특수성이 아니었으면 아내가 우선인데 하는 마음이다. 그래도 나는 부모 잘 만나 고등학교를 졸업했다. 그 시절에 중학교도 가지 못한 친구들이 다반사였다.

이제 나에게 학력이 필요한가

가족 중 리더십이 탁월한 사람은 뭐니 뭐니 해도 '해녀'인 아내다. 어머니 뱃속에서부터 강인함과 홀로서기의 유전자를 핏줄에 새겨 나온 사람, 아내는 해녀다. 가족 거느리고 살아야 한다는 일념으로 앞만 보고 살아온 아내다. 해녀에 관한 이력은 아내를 따라갈 사람이 없지 않은가. 50여 년을 줄곧 외길을 걸었으니 그보다 더한 장인은 없다. 비록 학력은 낮지만 생활면에서 탁월한 리더십을 지닌 아내를 곁에서 지켜보면서도, 한편으로는 학력을 우선하는 세태와 내 삶의 현실 사이에서 나는 여전히 갈등하고 방황한다.

요즘 세상에 배울 수 있는 방법은 다양하다. 하지만 우도라는 섬의 특수성 때문에 배움마저 차별받는다. 나이 들어 이제 나에게 굳이 학력이 필요한가 하는 생각도 든다. 배움에 때와 장소, 시간과 공간을 구실 삼는 것은 구차한 변명일지 모르지만 섬에서의 생활은 차원이 다르다. 문화생활이나 취미생활마저 용이하지 않은 섬 살이, 자식들 교육으로 위안을 삼는다.

학력을 속이고 논문 표절에 명문대 졸업장 위조 또는 거래로 명성과 명예를 얻고자 하는 것은 참으로 안타깝고 낯부끄러운 일이다.

노을이 물든 우도

6. 사람 살이

환갑이 넘어 알 것 같다

이따금 언론 매체를 통해 심심치 않게 이슈가 되는 게 성희롱 문제다. 어린이 성범죄에서부터 어른들의 불륜 관계, 동료들끼리 음담패설, 직장 상사들의 노골적 성적 표현의 비화 등, 인격과 품위를 목숨같이 여겨야 할 사회 지도층들이 성폭력, 성희롱, 성추행이라니 듣기만 해도 낯 뜨겁다. 아무리 성욕이 인간의 욕구 중 식욕 다음 욕구라 하지만, 때와 장소 그리고 상대를 존중해야 함에도 아무에게나 성적인 대상으로 일방적인 말이나 행동을 하는 것은 아닌 듯싶다.

장난처럼 던진 돌에

한 번의 잘못된 행동이나 말로 평생 쌓아 놓은 공든 탑이 한순간에 무너지게 될 수도 있다. 공인이라면 실수든 고의든 성 문제로 세인의 입방아에 오르내리는 것만은 있어서는 안 된다는 생각이다. 가까운 사이일수록 인격을 존중하고 품위를 손상하지 않도록 주의하는 게 지도자가 갖춰야 할 덕목이 아닌가 싶다. 장난처럼 던진 돌에 새가 맞아 죽듯, 성적 농담에 상대가 상처를 받는다면 결코 농담이라 할 수 없다. 지식과 인격을 갖춘 사람들이 이럴진대 하는 생각이다.

순간적인 한마디가 당사자는 물론 직장에도 누를 끼치고 국가 망신까지 시키는 경우를 접할 땐, 진위가 어떻든 그 부적절한 처신에 개탄스럽기까지 하다. 두고두고 후손들에게까지 끼칠 영향을 생각하면 참으로 아찔하다. 돈과 권력이 있다 해서 조선시대의 왕실로 착각해서는 안 될 일이다. 인간의 성 심리 패턴은 생물학적 위기의 최종 산물이라 하지만, 인간이기로서니 자제해야 하는 게 아닌가 싶다. 직위와 품위에 걸맞지 않게 처세와 방법이 추하다.

남녀가 다른 성性 심리

본래 인간의 성적 본능은 여성과 남성이 다르다. 남자는 시각적인 반면에 여자는 교감적이라 할 수 있다. 척추동물인 영장류가 대부분 암컷과 수컷이 다르듯 말이다. 인간은 그에 앞서 사고를 갖춘 사람이기 때문에 만물의 영장인 것이다. 서로 조심하고 자신을 추스르는 인내력은 기본 인격이어야 한다는 게 나의 지론이다.

남자들은 대체로 오랜 기간 동안 가깝게 지내온 익숙한 여인과 있을 때보다 낯선 여인과 함께 있을 때 더 생동감을 느낀다. 성의학자들은 이 현상을 쿨리지 효과 Coolidge Effect라고 부른다. 수탉 한 마리가 왕성하게 암탉 여러 마리와 관계를 맺는 것을 보고 남자와 여자의 입장이 서로 달랐던 데서 유래된 이야기로, 남자들은 새로운 성적인 대상에 흥분하기 쉬우니 자신을 잘 추스르라는 의미일 것이다.

일부다처로 인한 가정불화

그 옛날 시골의 할아버지, 아버지 세대들의 여자관계를 겹쳐 본다. 왜 그랬을까? 어렸을 적엔 정말 납득이 되지 않았다. '일부이삼처一夫二三妻'로 인한 가정불화를 지켜보면서 이해할 수 없었다. 부부의 금실은 편향적이란 마음을 몰랐었다. 그로 인한 자식들이나 가족들의 육체적 정신적 고통은 이루 말할 수 없었을 것이다. 눈칫밥이란 속된 말도 당시를 반증하는 유행어였다.

환갑 넘은 나이가 되어 나름대로 유추해 본다. 1960년대 전후 농어촌 생활환경을 돌이켜본다. 우리나라는 당시 세계에서 거꾸로 두 번째로 못 사는 나라였다. 미개국들이 대개 그러하듯 다산으로 가정의 어려움은 말이 아니었다. 부계 중심의 가부장적 유교사상의 가정에서 아버지가 하는 일은 힘쓸 일이나 가정사 바깥일이 고작이었다. 아내는 부엌살림 잘하는 여자를 으뜸으로 여겼던 시절이었다.

남자들의 겨울나기 - 술과 화투, 노름

시골의 농·어한기에 남자들의 문화란 보통 술과 화투 놀이였다. 겨울철엔 마을을 전전하며 화투를 치러 다녔었다. 노름으로 인한 가정불화는 비일비재였다. 돈이 없으면 손에 찼던 시계, 반지 심지어는 부동산 등기권리증, 소마를 걸고 노름을 했었다. 이듬해 유채꽃 필 무렵까지 화투놀이로 한겨울을 보냈다 해도 과언이 아니다. 처녀 총각 또래들 놀이문화도 주로 먹는 내기 화투치기였다. 농사짓고 고기 잡는 게 다였던 시골생활이었다. 지금처럼 다양한 문화시설이 있어 취미 생활이 가능한 것도 아니어서, 해지면 호롱불, 등잔불 밝히고 생활했던 시절, 밤이면 적막이었으니 같이 어울려 놀기 위해서는 별도리가 없었다. 육지 사람들은 당시 그런 섬의 환경과 여건은 모르고 바다에서 물질하는 해녀들만 눈에 띄니, 제주에서는 일은 여자가 하고 남자는 아기 보고 집안 살림한다는 말을 할 수밖에 없었을 것이다.

해녀들은 추운 겨울에도… 고단한 일상

그런가 하면 해녀들은 추운 겨울에도 가족의 생계를 위해 맨몸이나 다름없는 소중이를 입고 물질을 했다. 오래 견뎌야 한 시간 채 안 되는 작업 시간, 추위를 견딜 수 있는 한계였다. 남자들이 거들 수 있는 일이 아니어서 안쓰러움은 더했다. 작업 마치고 귀가하면 춥고 고단한 몸 따뜻한 아랫목에 쉬고 싶지만, 가족들 끼니와 잡다한 일들이 주부 몫이었으니 쉴 틈이 없었다. 오죽하면 죽을 시간이 없다는 애잔한 소리가 나왔을까.

남편에게 관심보다, 집안일과 아이들 뒤치다꺼리에 고단한 하루하루가 일상이었다. 주부로서 어머니 몫, 며느리 역할, 아내 구실, '일인 다역一人多役' 그 자체였다. 폐경과 갱년기의 육체적, 정신적 피로 때문에 여성으로서의 성적 욕구는 거기까지가 한계였을 것이다. 이로 인한 욕구불만은 남자들 몫이 아니었나 싶다.

조강지처는 버리지 않는다는데

부부 잠자리가 불만인 남자는 동네나 이웃 마을 홀로 사는 여자 집에 넘나들면서 치근대며 로맨스를 꽃피웠지 않았나 유추해 본다. 요즘 말하는 내연관계로 남몰래 드나들다 피붙이를 얻으면 새살림이 시작돼, 가난하고 힘들 때 뼈 빠지게 고생하며 가정을 일군 '조강지처'와의 정은 그것으로 끝이 아니었나 싶다. 심지어는 소박당하고 친정으로 쫓겨나기도 했다. '조강지처는 버리지 않는다'는 속담이 당시를 말해주는 게 아니었나 싶다. 아내 여럿이면 늙어서 생홀아비란 말이 오죽한 말일까. 살아서는 물론 고인이 되어서도 존경받지 못하게 되는 것이다. 시대적 격변이란 변명, 환갑 나이가 넘어서 알 것 같다. '일부다처'의 속앓이 관계를.

나도 그 나이가 되어

가정의 달 어느 날, 밖에는 비가 추적추적 내렸다. 아침에 텔레비전을 시청했다. 육십이 넘은 시니어 출연자 50인의 살아온 이야기를 담은 인생 토크, 공감 토크였다. 어머니에 대한 잊지 못할 이야기가 주제였다. 백발과 주름살이 세상사 신산辛酸을 겪을 만치 겪었음을 말해 주는 듯한 나이임에도, 어머니란 말엔 어린 소년 소녀같이 눈시울을 붉히는 시니어들. 시대를 원망이라도 하듯, 돌아가신 어머니에 대한 추억은 너나없이 애잔하고 가슴 뭉클했다. 시간이 주어진다면 다 한마디씩 할 기세다. 한 사람이 말할 수 있는 시간은 불과 몇십 초, 길어야 1~2분 짧은 시간임에도 이야기가 시작되면 머릿속에 옛 기억이 주마등처럼 스친다.

못 먹고 못 살았던 시절에도 어머니는…

자식을 강하고 모질게 키운 어머니, 잘못된 것은 모두 당신 탓으로 여기시고 자식들 앞에서 눈물 보이지 않으려고 몰래 자책하시던 어머니, 배고픔을 대물림하지 않으려고 고생은 당신 혼자면 됐다 하시던 어머니, 시집살이 고달파도 자식들에겐 내색 한번 않으셨던 어머니…, 기억 속 어머니의 색깔은 서로 달라도 모두 우리의 어머니, 위대한 어머니들이었다. 돌아가신 어머니를 생각하며 각자 메인 가슴을 쓸어내리는 시니어들. 당시는 적빈赤貧 시절이라 누구라 할 것 없이 모두 춥고 배고프고 고달팠던 이야기였다. 못 먹고 못 살았던 시절, 식구는 왜 그리 많았던지…. 어머니는 자식들 앞에선 '없다, 못 살겠다, 힘들다' 이야기 한마디 하지 않으시고 자식 일고여덟을 키우셨다. 여리고 고운 여자라는 이미지보다는 굳세고 강한 어머니로서, 자식들 굶기지 않으려고 온갖 풍상風霜을 이겨낸 이름 없는 영웅들이었다. 가난해서 서러웠고, 딸이라서 서러웠고, 시집살이 아들을 낳지 못한 게 여자만의 탓인 양 딸만 낳는다 미움받았던 그 시대 여인들. 그 쓰디쓴 질곡의 세월에도 모성애의 숭고함은 오히려 오롯했던 그 시절 이야기에 연로하신 시니어들은 고개를 끄덕이며 만감이 교차되는 모양이다. 지금 세대들은 그렇게 할 말이 없나 할 것이다.

조금만 더 잘해 드릴 걸… 후회와 아쉬움

구구절절 어머니에 대한 사연은 끝이 없었다. 어렸을 때에는 어머니 같은 삶은 절대 살지 않으리라 다짐했건만, 이제 어머니, 할머니 나이가 되어 보니 어머니가 존경스러워진다는 시니어들. 조금만 더 사셨다면 잘해 드렸을 텐데, 떠나시고 나니 남은 건 후회와 아쉬움뿐이라며 마음 아파

했다. 그중 한 시니어는 칠십 대인데 긴장과 경련으로 마이크를 잡은 손도 말하는 입술도 떨렸다. 사연인즉슨, 어머니께서 아흔일곱 연세에 돌아가셨는데 마지막까지 단아하셨단다. 화장실 가다 넘어져 뼈가 골절돼 일어나지 못하셨는데, 자식들 다 모아 놓고 하신 말씀이 '이 나이까지 살아 정말 미안하다. 구급차 부르지 말고, 의사 왕진 말아라. 그리고 병원 입원 안 한다…' 강짜를 부리며 식음을 전폐하고 며칠 끼니를 굶고는 유명幽明을 달리하셨다면서 눈물을 글썽였다. '나도 어머니 나이가 돼 그럴 수 있을까?' 하며, '지금 생각하니 억지로라도 병원으로 모셨으면 며칠은 더 사셨을 텐데…' 하는 아쉬움이 남는다며 불효를 자책했다. 그들의 한 마디 한 마디가 남의 얘기 같지 않았다. 이제 나도 그 나이가 되어 보니 문득문득 아쉬움과 회한이 짙게 드리운다.

여행

　우도 사람들의 여행은 대부분 늦가을이나 초겨울이다. 해녀들이 물질을 하지 않고 쉴 때 날을 잡아 며칠 다녀온다. 보통 가을걷이 땅콩 수확을 마친 후가 된다. 개인 여행에 익숙지 않은 해녀들이라 대개 부부 동반으로 친목 모임이나 동창, 동갑내기들과 함께하는 단체 여행이다. 힘든 일에서 잠시나마 벗어나 눈과 입이 즐겁고, 몸이 좀 편하고 싶은 것이다.

여행 - 언감생심에서 삶의 일부로

　먹고살기에 급급했던 시절에는 여행은 엄두도 못 냈다. 낯선 곳으로 구경 간다는 건 돈 많은 부자들이나 하는 것으로 여기던 시절이 불과 엊그제다. 이젠 여행이 생활의 일부분으로 자리 잡고 있다 해도 과언이 아니다. 요즘은 큰돈 들이지 않고도 외국 여행을 다닌다. 부모님과 함께하는 여행이 효도의 한몫을 차지하고 있으니 격세지감이 아닐 수 없다.

　여행은 모임의 구성에 따라 목적지도 다르다. 유적지나 명승지에 관심이 있는 사람이 있는가 하면, 산업 시찰처럼 일을 목적으로 하는 여행도 있다. 요즘은 문학 기행으로 문학관을 탐방한다든가 올레길, 둘레길 등 걷기 여행도 많이 하는 추세다.

동갑내기 부부 동반 남해안 여행

이번에 동갑내기들과 4박 5일 일정으로 부부 동반 남해안 여행을 다녀왔다. 60대 중반의 나이라 우의를 돈독히 하는 게 여행 목적이었다. 우리들끼리 여러 차례 다녔던 곳이라 뚜렷한 목적지도 정하지 않았다. 숙박할 지역만 대충 생각하고 떠났다. 제주에서의 출발은 선박 편으로 오후 늦은 시간이어서 첫날은 완도에서 일박을 했다. 다음 날부터는 이곳저곳 관광지를 구경하면서 여수, 통영, 부산에서 하루씩 잠자리를 정했다. 사전 예약 없이 늦은 시간에 현지에서 숙소를 구하는 것도 큰 경험이었다. 예전엔 숙박시설 간판이 널빤지에 ○○여관, ○○여인숙이란 이름으로 정겨운 느낌이었는데, 요즘 △△호텔, △△펜션, △△모텔이란 이름을 단 형형색색의 네온사인 간판은 사람을 유혹하는 것 같아 나이든 우리들로서는 부담스러운 것이 아닐 수 없었다. 옛날 숙박 시설에 간판만 바꿔 단 곳도 있어서, 온돌방을 생각나게도 했다.

뭐니 뭐니 해도 여행은 먹을거리가 우선이다. 지역마다 맛의 특색이 있고, 어쩐 일인지 산지産地가 더 비싸기도 했다. 가는 곳마다 시장의 사람 냄새는 지역 인심을 느낄 수 있게 했다. 바가지와 눈속임은 시장의 옥에

티였지만 또한 살아가는 수완과 처세가 아닌가 싶었다.

여행의 아쉬움 1 - 여기저기 난개발

아쉬웠던 것은 자연을 부수고, 파고, 메우고, 쌓고 해서 만들어진 관광지 모습이었다. 장사를 목적으로 만들어진 것 같아 좋아 보이지 않았다. 올 때마다 새 길이 뚫려 있고, 가는 곳마다 현대식으로 단장된 시설물은 편할지는 모르나 과연 그게 옳은 선택이었는지는 아리송하다. 오히려 가을의 끝자락 바람결에 우수수 떨어지는 낙엽과 울긋불긋 붉게 물들어 있는 단풍잎이 주는 자연의 경치만 못하다는 느낌이다. '삼천리금수강산'이란 말의 의미를 곱씹어 보게 했다. 고즈넉한 산세가 가을에 맞는 차림으로 옷을 갈아입고 반기는 것 같은 경치에 흔연히 감사할 따름이다.

여행의 아쉬움 2 - 보이지 않는 곳에서의 공중도덕

명소의 밤거리, 밤새도록 젊음을 발산하는 젊은이들의 문화는 흥이 넘치고 어울리기 좋아하는 우리만의 독특한 문화가 아닌가 싶었다. 아쉬웠던 것은 눈에 보이지 않는 곳에서의 공중도덕이었다.

이번 여행은 사람 사는 곳의 세대와 시대를 볼 수 있는 여행이어서 좋은 경험이 되었다. 다음엔 계절에 맞춰 나이에 걸맞은 느긋한 여행을 꿈꿔 본다. 여행도 젊어서 다니라는 말의 뜻을 알 것 같다.

여행의 즐거움 – 옛 친구를 다시 만나

여행 중 아내의 열네 살 첫 출가물질 때의 친구^{박영심}를 다시 만났다. 여행이 아내에게 안겨준 뜻밖의 행운이었다. 50여 년 전 고향을 떠나 외지에서 일할 때 서러움과 외로움을 달래준 친구, 그의 후한 대접이 고마울 뿐이다.

단풍잎
- 여자로 만나 해녀로 살아온 당신에게

그대를 만나 변덕스러운 날씨처럼 살아온 세월이 어느덧 40여 년. 처음엔 서로 살아온 환경과 성격의 차이로 갈등에 갈등을 거듭한 게 엊그제 같은데, 세월이 약이라 했던가요. 지금은 곁에 없거나 눈에서 멀어지면 절로 걱정이 되는 실과 바늘 같은 사이가 됐으니 말입니다. '부부夫婦'라는 두 글자가 하나인 것처럼….

우리는 지금, 아름답게 물들어가는 단풍잎

우리의 함께함이 그리 오래된 연륜은 아니지만, 파릇파릇했던 나뭇잎이 꽃보다 아름다운 단풍잎으로 물들어가듯, 우리 인생의 계절은 지금 그쯤이 아닌가 싶습니다. 비바람도 모진 가뭄도 따가운 땡볕도 휘몰아치는 태풍마저도 다 이겨내고 선명한 붉은빛을 토하는 단풍잎처럼, 우리의 인생도 그렇게 흘러 계절 따라 세월 따라 어느덧 여기에 서 있네요.

여생이 얼마나 될지는 모르지만, 떨어질 땐 길가에 '나뒹구는' 바싹 마른 낙엽과 같은 말년은 되지 말아야 할 텐데 말입니다.

날 만나 고생한 걸 생각하면

찌들고 힘들었던 지난날을 돌이켜보면 하루하루가 암울했었지요. 결혼 전 단란하고 오붓한 가정에서 가족끼리 오순도순 화목하게 살았던 당신이었기에, 나를 만나 한 고생이 더 크게 느껴졌을 겁니다. 형제들 중 홀로 섬에 버려진 것과 다름없던 우리의 첫 삶은 늘 찌든 생활이었지요. 어려운 생활로 힘들기도 했지만, 맏이로서의 치다꺼리에 가정사로 부딪치는 일이 더 많았던 것 같습니다. 가정사나 다른 일이 아니면, 둘만의 문제로 티격태격한 적은 별로 없었던 것 같은데 말이지요.

지금도 마음이 아립니다

결혼할 당시 1970년대 중반만 해도 우도에서의 삶은 열악하다 못해 비참했지요. 우리의 삶도 삶이 아니었습니다. 먹고 입고 자는 것은 물론 전기, 통신, 물, 땔감마저도 어렵던 그 시절, 밤이면 등잔불 밝혀 아이들을 키웠던 것을 생각하면 가슴이 저려 옵니다. 서투른 살림에 들어가는 생활비는 왜 그리 많던지, 아이들 우윳값이 없어서 빚을 내야만 했던 때를 생각하면 지금도 마음이 아립니다. 그럴 때마다 당신은 '산 사람 입에 거미줄 치랴' 하며 해녀의 강한 모습으로 눈앞에 닥친 어려움들을 하나하나 꿋꿋이 헤쳐 나갔지요.

남이 아닌 임이기에

해녀의 멍에에서 한시도 벗어나 본 적이 없는 당신. 어쩌다 작업하는 날 하루라도 빠지게 되면 안달하는 당신을 보며 걱정이 됩니다. 이제 좀 쉬어 가며 하라 하면 '내 일 내가 알아서 하는데, 뭐가 걱정이야' 하는 당신. 당신이 물질 가는 날은, 남들은 어떻게 생각할지 모르지만, 내 마음은 애가 탑니다. '바다', '해녀'라는 말만 들어도 혹시나 무슨 사고가 아닌가 하여 가슴이 쿵쾅거리고 입술이 바작바작합니다. 혹한의 겨울 물질은 더더욱 말입니다.

반백년 바닷물 속 작업을 한두 번 하느냐 하지만, 경험과는 상관없는 게 물속 사고입니다. 더욱이 요즘 해녀 사고는 대개 경륜 있는 해녀들에게 일어나서 늘 가슴이 조마조마합니다. 여자와 결혼해서 해녀와 사는 애타는 남편의 마음, 당사자가 아니면 모를 것입니다. 당신이 물질을 하는 한 마음을 놓을 수가 없는 운명, 남이 아닌 임이기 때문입니다.

미안합니다… 고맙습니다…

우리 가정이 이만하기까지는 당신의 노력과 고생이 없었다면 불가능했을 것입니다. 미안하고 고마울 따름입니다. 언젠가 당신이 나더러 '겉으론 생각해 주는 척하면서 속마음은 아닐 거라' 한 말에 몇 날 며칠 속앓이를 했었습니다. 한두 해 산 것도 아닌데 말이지요. 말이 투박하고 천성이 그런 걸 어떡합니까. 되돌아보니 매력 없고 무드 없는 사람이라 당신에게 드러내놓고 "사랑합니다, 고맙습니다, 미안합니다, 고생했습니다."라는 말을 해 본 기억이 별로 없네요. 우린 여태껏 '여보, 당신'이란 호칭으로 불러 본 적도 없는 것 같습니다. 당시는 다 그렇게 살지 않았나 싶습니다. 무뚝뚝한 표정에 살갑지 못해 미안합니다.

그리고 사랑합니다

늘 당신은 내일을 걱정하며 가족과 가정을 위했고, 나는 고생한다는 위로의 말 대신 '꼭 이렇게 살아야 하느냐'고 투덜거렸죠. 당신에겐 내가 웬수 같을지 모르지만, 나는 '당신을 만나지 않았더라면…' 하는 생각은 추호도 해 본 적이 없습니다. 지금도 욱하는 성깔에 미안할 따름입니다. '살다 보니 살아지더라.' 당신이 곧잘 하는 말처럼, 남은 인생도 살아온 경험을 교훈 삼아 자식들에게 부끄럽지 않게 살아갑시다. 고맙고 고맙고 고마운 당신, 사랑합니다. 사랑합니다.

에필로그

내 아내는 해녀입니다. 아내는 대를 이어 온 해녀입니다. 친정어머니
역시 백수를 내다보며 돌아가시기 전까지 물질 도구를 손에서 놓지 않으
셨습니다. 아내와 부부의 연을 맺고 산 지도 40여 년이 됩니다. 천생배필
의 의미를 곱씹게 합니다. '나는 아내에게 어떤 존재일까?' 곰곰이 생각
해 봅니다. 칭찬받을 만큼 잘한 것도 없지만 속 썩이지 않고 나름 성실하
게 살아왔다는 생각이 듭니다. 아내 역시 대부분의 해녀들이 모두 그랬듯
이 하루 두 번 몸뻬와 잠수복을 갈아입어가며 밭으로 바다로 한평생 억
척스럽게 살아왔습니다. 다행히 두 아들 모두 대학을 졸업하고 공무원이
되어 결혼하여 잘 살고 있으니, 이제 남은 인생 좀 편하게 살아갈 수 있으
려나 했습니다.

호사다마라 했던가요. 2007년 12월, 감기에 걸려 고생 중임에도 불구
하고 바다에 갈 준비를 하는 아내가 걱정스러워 며칠 물질을 쉬라 했더
니, "내가 누워 있으면 누가 이 대천 살림을 보태느냐?"며 한마디 툭 던집
니다. 여태껏 한 번도 돈 벌어 오지 않는다고 채근한 적이 없었던 아내입
니다. 내 무능을 겨냥한 듯한 비수 같은 한마디에 안절부절못하는 나를
보고는 아차 싶었는지 "자맥질을 하다 보면 코나 입으로 피를 토하게 되

는데, 그러고 나면 막힌 코도 뚫리면서 고뿔이 나을 때가 있다.”며 덤덤하게 설명하고는 바다로 향합니다.

그날 밤, 아내는 빈혈을 동반한 고열과 구토로 빈사 상태가 되었지만 섬에 사는 우리는 속수무책이었습니다. 이게 섬사람의 비애입니다. 명줄이 왔다 갔다 하는 비상시에 섬을 벗어날 수 없다는 사실이 외로움으로 사무쳐 와 섬 떠난 형제들이 아른거렸습니다. 아무것도 하지 못하고 진땀과 눈물로 범벅이 된 내 자신이 너무나도 초라하게 느껴졌습니다. 온갖 궁리를 다해 보았건만 뾰족한 수가 없었습니다.

그날 밤, 만약에 응급실로 갈 수만 있었다면 아내는 평생을 청각 장애로 살아가지 않아도 되었을 것입니다. 그나마 목숨에 지장 없이 아내가 살아 있음에 그저 감사할 따름입니다. 그 이후, 어지간한 말소리는 잘 들리지 않아 큰 소리로 대화를 해야 하고, 평생 약을 먹어야 하는 아내를 보면 측은한 생각에 마음이 갈기갈기 찢기는 아픔입니다.

‘마른하늘에 날벼락도 분수가 있지….’ 다가가서 옹이 박힌 아내의 거친 두 손을 꼭 잡아 봅니다.

‘내가 죄인이지….’ 탄식이 절로 나옵니다.

'아내 병을 낫게 할 수만 있다면….' 아내 몰래 울기도 여러 번입니다. 나는 평생 이렇게 아린 마음으로 살아야 합니다.

오늘 아침도 아내는 일어나자마자 문을 열고 바다를 바라봅니다. 물질을 할 수 있는지 여부를 확인하기 위해서입니다. 바깥 날씨는 매서운 칼바람에 눈까지 내리고 있습니다. 엄동설한의 겨울 한파, 체감온도는 영하권, 그럼에도 불구하고 물질을 할 수 있겠다고 합니다. 날씨가 너무 춥다 했더니 바닷물은 오히려 따뜻하답니다.

아침 밥상에 마주 앉았습니다. 밥을 먹는 둥 마는 둥 수저를 놓으며 물질 갈 채비에 부산한 아내에게 "육체적인 노동은 '밥심'이 기본"이라 강조했더니, "배부르면 물숨이 나지 않는다."며 퉁명스럽게 대꾸합니다. 내 딴에는 밥 한술이라도 더 먹이려고 한 말인데 아내의 심기만 자극한 셈입니다. 해녀의 물질은 깊은 바닷물 속에서 물구나무서기를 한 자세로 해산물을 손으로 잡아 캐는 고난도의 작업으로, 30~40초간의 빠른 손발 놀림의 능숙한 기술을 요합니다. 따라서 뱃속이 비어 있는 상태라야 무자맥질을 편하게 할 수 있기 때문에 대부분의 해녀들은 공복 상태로 짧게는 네댓 시간, 길게는 예닐곱 시간 동안 물질을 합니다.

아내는 작업 도구를 채비합니다. 작업 도구라 해 봐야 테왁망사리에 잠수복과 오리발, 속옷, 양말, 장갑, 수경, 호미, 빗창이 전부입니다. 그리고 귀 고막 보호용 껌밀과 두통약, 위장약, 병원 처방약까지 챙겨 바구니를 지고 집을 나서며 "점심밥 잘 챙겨 먹읍서."라고 내게 당부합니다. 자신은 아침을 거르다시피 하고서 오히려 나를 챙기는 아내가 고맙고 안쓰러워 나는 다시 당부합니다. "조심하라"고, "해녀들 무리에서 떨어지지 말라"고, 몰아치는 진눈깨비에 앞이 보이지 않을 수 있으니 "제발 멀리는 가지 말라"고…. 그리고 "맨 나중에 물에서 나지 말라"고 당부 아닌 채근을 합니다. 아내는 "오늘따라 웬 잔소리냐"며 눈을 흘기지만 은근히 고마워하는 눈치입니다.

나는 멍하니 아내의 뒷모습을 바라봅니다. 물숨 한번 잘못 먹어버리면 아차 하는 순간 저 등에 지고 가는 물질 도구가 혼백의 칠성판이 될 수도 있다는 생각에 아찔해집니다. 지금 저 길이 생사의 갈림길일 수도 있다는 불길한 예감이 내 정신을 혼미하게 합니다. 오늘따라 난데없이 올레 모퉁이까지 따라가서 다시 한 번 아내에게 당부합니다.

"조심허여."

뒤를 돌아보는 아내의 표정이 실없는 사람이라고 나무라는 것 같았습니다. 사랑하는 당신! 오늘 하루도 무사하기를 기도합니다.

에필로그

바다에서 삶을 캐는 해녀

우도와 해녀 이야기

초판 1쇄 인쇄 2016년 4월 25일
초판 1쇄 발행 2016년 5월 9일
지은이 강영수
펴낸이 노용제
펴낸곳 정은출판
주   소 서울특별시 중구 창경궁로 1길 29
전   화 02-2272-9280
팩   스 02-2277-1350
E-mail rossjw@hanmail.net
ISBN 978-89-5824-305-2 (03810)

값 14,000원

후원 :  한국문화예술위원회 Jeju 제주특별자치도 제주문화예술재단 JEJU CULTURE & ART FOUNDATION